北京宣传文化引导基金
BEIJING CULTURE GUIDING FUND
北京宣传文化引导基金资助项目

杨怡芬 著

鱼尾纹

Crow's feet

北京出版集团
北京十月文艺出版社

目录

银河之眼　小葵纪元：1984—1999　　　　1

鱼尾纹　小葵纪元：2004　　　　51

浪淘沙　小葵纪元：2009—2011　　　　113

与海豚同游　小葵纪元：2016—2020　　　　187

银河之眼

小葵纪元:1984—1999

一

一九八四年，八月将尽。

这会儿，黄昏也将尽了。海湾西边，夕阳夺目，一条山脉向内海伸出长臂，揽住这片浮光跃金的海水，长臂上空，堆叠着深深浅浅的玫瑰色积云，浓艳当中，亏得有它这一脉黛色，才压住了海天之间的无尽骚动。转眼，强光由金色弱成橙黄，夕阳卧在积云层里，像一枚咸蛋黄，此刻，要是手上这柄扫帚捅过去，那蛋黄就会倾泻而下。黄昏是场默剧。

小葵默默描述着眼前所见，她喜欢这样秾丽铺排的词句。小葵还暗想自己是逐日的后羿，沿着长江一路狂奔又渡海至此。后羿有箭，小葵有帚——她正扫院子呢，她真就伸长手臂使劲去捅了，还吸溜了一下鼻子，没闻到咸蛋黄破碎后的腥气，涌入鼻腔的却是新稻谷的香味。虽说这一阵子，很多时候，她常被忧伤突袭，但这一刻，她还是喜悦的——就为眼前的夕阳。

前一阵刚来过一个过路的干台风——只有大风掠过东海，雨水都下到北方了。家里赶在台风前收割了早稻，湿谷粒在院子里的水泥地上晒干，入了谷仓。院子里的水泥地坪足足近一百平方米——就是为晒稻谷，今春才豁出去浇的，屋子里还是硬泥地呢。水泥难买啊，要不是家里有华侨券，说不定有钱也还买不到。这笔爷爷从外国寄来的钱，大多被阿爹这样意外、干脆、醒目地用掉。浇这水泥地坪就用了一大笔钱，小葵不知道具体数目，看来不小，阿姆为此心疼了好一阵。而且，这是最后一笔了，再也不会有新的来了，因为，爷爷去世了。

"难道钱存起来会逃掉？"阿姆简直要哭了。

"会的，怎么不会？"阿爹也是想哭的样子。

小葵才十六岁，没法理解阿爹的恐慌。到最后，阿姆长叹一声，那里头似乎都是对阿爹的同情。

可无论如何，这水泥地坪是值的。要不，今年的稻谷哪能这样一气儿就晒干了？像去年，收割后连着雨天，屋内泥地上所有的空处都铺了晒席，席上铺满了湿谷粒。家里哪有那么多空地？剩下的就只好堆着。一天下来，谷堆发烫，只好轮番平铺散热。一天一地的雨，空气湿度大，铺平了也散不出多少水汽。到后来，还是霉坏了一半啊，那些勉强晒干的，闻起来也不得劲。而今年的新稻谷，每一粒都干干爽爽，满含阳光的气息。

小葵扶着扫帚静静立着，看夕阳沉下海去。

哥哥写信来说明天回家。他可真会挑日子，早稻谷已入仓，晚稻也种好了，他才回来，还要带着两个同事来。要是自己有个姐姐或是妹妹，那该多好。她有时候就想象自己有两个妹妹，即便就是这样想想，也让她觉得好过一些。

他们仨忙完一年中最劳累的"双抢"，好不容易收了尾，刚想着歇一歇呢，这下好，却又得一番大忙。屋里屋外，千头万绪：阿姆埋头厨房，阿爹投身茅房，这两个地方要好好打扫收拾；其余的，就归小葵，阿姆说小葵会收拾房间，"以后是要当城里人的"。

阿姆当着人也这么说，小葵都替她捏把汗，只好跟进自嘲："是当城里人的保姆吧。"女同学当中，初中一毕业，就真有进城去当保姆的。小葵呢，她没考上阿姆一直盼望她考上的卫校或师范——那是立马就能把户口从农村迁出进入城市居民行列的，所谓"谷剥出成了米"，吃上了"国家粮"。今年，小葵考上了阿爹期许她去上的高中。"女孩子也要志存高远。"阿爹会用很多成语，如果不是世事弄人，阿爹小学毕业后会一路从初中、高中念上去的。人总是拗不过时代啊。自己是在一个好时代里吧？过几天，小葵也要离开这个岛，去往舟山群岛中最大的本岛读高中——是城里的高中，数一数二的。当年哥哥勉强上了普通高中，原以为男孩子上了高中，成绩会有大起色，可哥哥并没有给家人带来惊喜，三年后毫无悬念地高考落榜。阿爹不甘心让他务农，辗转托了人打点，让他去了一个渔业公司，听说是本城最大的——在那里捕鱼，和在岛上跟着小船捕鱼，是两回事情。

小葵不晓得到底是怎么"两回事情"，就挑最眼前的说，哥哥若是在自己岛上的渔船打工，他就是带个人来，家里也不至于忙成这样。

就为了来的是两个城里人吗？小葵听到一声冷笑，她扭头看，四周无人。

一家人都在忙，晚饭就吃得简单，中午的冷饭加了水撒了碎青菜煮成了菜泡饭。这样倒也清口，就是阿姆兴许心虚，怕太寡淡，盐撒得实在大方。小葵吃下一大碗热乎乎的菜泡饭后，又喝了一大碗凉白开，一身汗。

等小葵擦洗了身子，换了身人造棉衣裤出来，阿爹已在院子里给她支好了竹躺椅。这套衣裤，是阿姆今夏给她新做的，上衣宽松，裤子也宽松，裤腰是橡皮筋弹的，勒得不紧。人造棉柔软贴肤，小葵摊手摊脚半躺着，像陷在一个温柔的环抱里。

小葵的家在半山腰，东边是菜地，西边是菜地，南边还是菜地，院子四周，又围着一圈半人高的石头墙，她这样四仰八叉，只有天上星星看得见——这会儿天色还早，还要等好一阵子，星星们才会成海成河。小葵爱看星星，可惜天文书难找，她从学校图书馆可怜的藏书中找到过一本百科全书，那里有整整一章二十多页介绍星空，特别是夏季的星空。小葵借了来，按图索星，学会了看银河，看金星、木星。阿爹说《诗经》有云:"东有启明,西有长庚。"金星早间出现在东方,就叫"启明星",晚间出现在西方的天空,那就是"长庚星",其实啊,是同一颗星。

太阳落山后,海风就成了这片天地无声的主角,一阵一阵,抽水机一般,将海水的凉意默默泵上半山。

"小勇回来了吗?"院子门口有人问。

小葵赶紧收了形状,站了起来。是哥哥的同学,也是邻居,和他们家就隔了南边的菜地。这个人,连着两年高考失利,难道脑子也考昏了?如果哥哥到了,从山下一路咋呼到半山,半个村庄的人都能听见,他能不知道?

小葵起身迎了上去,说:"哥哥是明天回来呢。"

"噢,我本来是想找他一起去海塘走走。"田雷扶着院门说,"要么,我们去散步吧?那里凉快。"

他本就瘦,经过这一阵,颧骨更见高耸,大眼睛也更显了,乍一看,脸上五官就只剩一双眼睛,骇人。听说,这次得知又落榜后,他就躺在床上,也不管家里人为收割、晒稻而人仰马翻。去年,岛上有位高中生,高考落榜后,在收割完稻子的某个黄昏,走进水库,自沉了。小葵认得他,瘦小而黑,眼睛也细细长长,平常一见人就低头,很羞涩的一个人。那样的事情,在岛上,小葵也就只听说过这一起。高考落榜,在这里,也不是非常羞耻的事情——落榜的,总是大多数。那些觉得自己是考砸了才落榜的,会去复读一次,再没考上,就认命了。不知道田雷会不会认命。

"我们散步去吧?"田雷笑着说,"真的,我还有事情和你说。"

小葵犹豫了一下,回头对还在厨房里收拾的阿姆喊了声:"我和田雷哥去外面走走啊。"等阿姆在屋里应过了,她才往外走。

这不是他们头一遭结伴散步。他们从小就是玩伴,田雷是独子,小葵家也只有兄妹俩,岛上和他们同龄的孩子,大多一家三四个兄弟姐妹,他们三个合在一起,才能和别人家抗衡。很自然,三个孩子玩在一起,两家大人也跟着和和气气相处。一晃,这三个孩子都考上了高中,落榜了两个,小葵是第三个。无论如何,这成绩和别人家相比,也是不错的了。

"事不过三。我们这霉运啊,到你这里,就该过了,你一定会上榜的。"

小葵一惊。田雷的阿姆特意来叮嘱过小葵,千万别提发榜放榜上榜这样的事啊,这会儿田雷自己倒说起来了。惊讶之后,小葵也就只有笑笑,不知道说什么才好。在这事情上,她不敢自嘲:要是说自己不能上榜,那简直就是诅咒自己。毕竟,这是关乎命运的事情。

"听说你爹把你的牛卖了买电视机?你多喜欢那头小牛啊。"田雷说得很是愤懑,小葵听出来了,那里头有那么几分幸灾乐祸。

"你不是说过哪有女孩子放牛的吗?卖了才好啊。"小葵不客气地回过去,心头还是撕扯了一下。这些天,一想到这头已经被异乡人买走的牛,她就会难过,好像此刻那头小牛也正在想她。

"你这人……我不是想安慰你嘛。"田雷悻悻道。他换了个话题:"你知道吗?从今年开始,公社都要改成乡了,要成立乡政府,我要去做文书了,下个月就去报到。我先做着,说是做得好就有转正的机会。"

小葵这才想到田雷的悲伤比自己的大,于是,她叹了一口气,说:"你一定会有机会的。就是'乡政府'这词儿,怎么这么怪?哪有'人民公社'神气?一切都属于人民对不对?"

"哦,事情不只是改个名字那么简单。我读文件了,'人民公社'属于计划经济时代,不适应现在的社会状况了,得改。你看,现在,田地都是各家自己承包的了,往年那么紧俏的布票,今年都取消了。不定什么时候连粮票也会取消呢。你爹也好放心了,以后,大概不会再有谁逼他把你家的华侨券拿出来给公家用了。"

"不会吧?粮票怎么会取消呢?我们不是还在想着能吃上'国家粮'迁出户口吗?"小葵并不想多说家里的华侨券,"你都有资格看文件了?你爹真有本事,能把你弄进那乡政府。"

"还是你阿爹有本事,他能把小勇弄进大公司。上封信里,小勇和我说,他可能有转正的机会呢。这回他带来的同事,其中一个就是他公司里哪个领导的孩子呢,和小勇处得很好。"

小葵吃惊地扬起眉毛,说:"他乱讲的吧?"

当然,小葵知道,这是真的。看来哥哥真是把田雷当兄弟,连这样没准头的事情也和他说。小葵不大懂男孩间的情谊,女孩之间的呢,也因为她从小一直跟着这两位哥哥,失去了很多体验。她和女孩子之间的相处，总是有些隔阂，她们说的那些悄悄话，她听了总觉得莫名其妙。听说有女同学叫她"男人婆"，当时听了，她还难受了一阵，可她觉得也许她们是对的——她发育得并不好，甚至可以说是糟糕：肩膀太宽，背太厚，腿又太壮，胸也不够挺，臀部不够翘。这些，是她对照班上那些叫她"男人婆"的女同学得来的经验，她们发育得不错，所以她们这么骄傲。但有时候她也安慰自己，或许自己并没有那么糟糕，那些女同学只是出于嫉妒，才这样来打击她的。

"那你下个月要去上班了，这些天可得好好吃饭。"小葵拍了一下他单薄的背，说道，"你太瘦了啊。"田雷应了一声，叹了口气。

天色已擦黑，他们走在小平原中央的机耕路上，这是两辆拖拉机能交会的路，他们各靠一边走着。他们的身侧，窄小的田埂围着一块又一块绿色的水稻田，拼缀连接，绵延而去，直至目力所及。这些稻田，从前是公有的，现在已是各家名下的承包田了。小葵认得好些人家的稻田。几只燕鸥张着白色的翅膀盘旋其上，提示这块平原是长在海岛上的——小葵读宋词时，总觉得那里头的江南精致，这里一点也不缺，这里也是江南。小平原前面是连绵的小河和池塘，水面正起着鱼鳞纹，细细密密抖动，仿佛它们真是活的。在淡水河塘和海塘之间，就是花地，种棉花，也种瓜果。这会儿，他们已经走近小葵家的瓜果地了，她家的瓜棚还搭在那里，小葵这个夏天没少待在瓜棚里。阿爹搭的瓜棚比别家的讲究，棚里有可以舒服躺下的正经木板床呢。说是看瓜，不如说是在那里偷懒看小说——阿爹舍得花钱买小说回家，小葵也喜欢读小说，她一向是个很投入的读者。

不知怎么，他们俩在瓜地入口站了一会儿。

花地一畈一畈齐整相列，畈与畈之间是车沟，一段浅而窄，挽起裤腿，就能涉水到邻畈；渐渐地，越靠近海塘，水越深，直至和海塘内的淡水池塘连接——池塘的水就这样引了进来。田雷家的花地和小葵家的紧挨着，只隔一条车沟。

海就在花地和海塘之外。这里是内海，对岸远山一重又一重，恍如长江的某一段，说起来，从这里回溯，确实能通往长江上的任何一个港口。小葵也喜欢看地图。整个舟山群岛，就是长江水道和南北海运的T字路口，这里通江达海。如果她是男的，如果将来高考落榜，她会去跑运输船。船上很寂寞，但她只要带上一摞小说，那就不用怕了。可惜，她是女的。三年后，万一落榜，她的天地，会比哥哥们窄很多，八成，她还得回这个岛。

"为什么又叹气？"

"没有啊。我没叹气。"

"自己叹气了都不知道。小葵，你这是'思春少女'的做派。"

"你才思春少女呢！"小葵的脸一阵热。

"说起来啊，这个夏天，你突然就长大了。你低头看看你自己……"

虽说这里是内海，可海风却也强劲，他们现在是在风中，风用力雕塑了他们，细节丰满。小葵听到自己咽口水，也听到了田雷呼吸加重，风里还有他的汗味和体味，是夏日午后暴雨刚过时土地的味道。

有那么一个瞬间，小葵轻得要跟着风飞上去，是田雷攥住了她。他们正好在一个碉堡旁边——说不清它是谁修的什么时候修的，但此刻它依然是一个完美的掩体。田雷挡住了海风，她在他的怀抱里。他一只手抬起了她的脸，另一只手，越过有弹性的裤腰，托住了她的臀部。小葵感觉自己渐渐融化成液体，附着在田雷瘦怯的身上——他浑身上下都是骨头的犄角和硬朗。他开始吻她，轻轻地，小心翼翼地，带着恳求。

小葵试着回吻了他，试着把自己的想象和眼前此刻验证。晚潮在从远处赶来，潮声已隐约可闻。"大海之水，朝生为潮，夕生为汐"，这晚潮就是夕之水，此刻，也从小葵的脚底奔涌而来。

她想象中的初吻，不是现在这个样子，也不是和她一起长大的邻家哥哥。那个人应该和她一样，爱读小说和诗歌，爱天文地理，这样的时候，他会先在她耳边念一首什么，或许该是一阕宋词。可田雷闭着眼睛，紧皱着眉头，一副难以呼吸的痛苦模样。是他们贴得太紧了？小葵略略挣扎了一下，想给他留出呼吸的空间，可是，他把她抱得更紧了。

"田雷哥。"她终于能开口说话了，他在吻她的脖颈，"我们回家吧？"一股强烈的尿意袭来，她把它压了下去。

田雷一点一点松开了她，叹气道："你这不开窍的孩子！那……我们回吧！"

夜色起了，星星亮了，南边的海面上，银河星带在缓缓升起，半山腰的灯光也亮了。他们走到花地瓜棚的入口那里了，有一只长脚鹭鸶受了惊，从车沟里飞起，半梦半醒地飞去邻畈的车沟。田雷说："我们进去坐坐？"小葵站住了。走几步，她就可以在车沟边的草丛里蹲下小解，她甚至都已经听到尿流撞击车沟水面的声音。可是，她就犹豫了一下，立刻赶着说，怕自己反悔似的："还是回家吧。家里人要等急了。"

"小葵。"田雷叫着她的名字，跟从前所有的叫法都不一样，"如果……将来你会嫁给我吗？"

小葵的小腹酸痛，心头也酸痛。"如果"后面省略的是什么，她知道。在田雷的眼里，他预判她会落榜。这里的人们虽然每天面对宽阔的大海，却没有什么大胆出格的念头，已经有大人隐约在她面前说过，一般的女孩子读书是越读越笨，读高中，哪读得过男孩子啊？但其实岛上早先也有几个女孩子考进大学的，大人们却只把她们当意外而忽略。为什么自己不能是其中的一个？

等他们走到家门口，小葵也没有回答他。她推了院门进去，楝树上扑棱一声，飞起几只黑雀，喷喷地叫了几声。

二

第二天的午饭开得比平常晚，他们得等航船到。

阿爹在院子里远眺海面，他站在大樟树下，阳光的碎屑从枝叶间漏下来，打在他身上。天公作美，风浪三级，天气多云，最高气温也就三十摄氏度。"是风和日丽的一天。"阿爹听着有线广播里的气象预报,这样总结道。

菜都洗切完毕,只等航船出现在内海的中央,阿姆就下锅翻炒。炖熟的鸡汤已经煻在灰缸里了——说是"缸",却是砖砌的,三十厘米左右高,灶膛里的柴火灰烬扒出来倒在里头,暗暗地还会闪出一星半点火星,这余温,一夜足够煨熟一锅粥,也足够煨酥一锅鸡。这会儿,空气中就全是鸡汤的香味。是小葵养大的新草鸡炖的。养鸡就是用来吃的,没道理为此难过,但偶尔,小葵还是会想起它小而机灵的眼睛。这样的忧伤是矫情的,但很可以拿来明说,"我不要吃鸡肉。鸡汤?不,鸡汤也不要"。可是,失去小牛的痛,她一个字也不想说。

"船到半江了!"阿爹在院子里叫。这里的人,习惯把眼前的内海叫作江。

小葵拉起风箱,火焰红亮起来,柴火噼啪作响,锅里的菜油也噼啪作响。她汗湿了额头,接着会是前胸和后背,最后,汗水就濡湿了整件衣裳。大夏天汗流浃背,是天天有的事。小葵穿她最旧的汗衫烧火,完事了,就擦个身子换件衣服,她从不以此为苦,烈日下割稻插秧,那更是苦,苦到在树荫下休息片刻就觉幸福。她最担心一不留神,压灭了火,重新生起来,好一番折腾,却还是误了火候——小葵因此煮过好几锅夹生饭,这才让她自觉窝囊而倍觉其苦。小葵已经在外国小说里读到人家做饭是用煤气灶,不用像他们这样拉风箱。煤气灶就在未来等她,这是肯定的。小葵有节奏地拉着风箱,注意力都在炉灶里的火堆上——今天可不能把火堆压灭了。

哥哥到了,在院子门口那里大呼小叫。看来是雇了一辆拖拉机改装的客车来的。车子还没有熄火,引擎突突突地响着,像要蹿进来似的。这是在卸货了,货是一台黑白电视机,还有配套的户外天线啥的,应该和田雷家的差不多吧。

"我们的电视机到了。"妈妈在炒最后一个蔬菜了。很快,一桌菜就齐了。煮白虾和梭子蟹、蛏子什么的,也就氽一下,水滚了就出锅,连调料也不加的。

小葵嗯了一声。

"你也别难过。你想想看,你给家里挣了半台电视机呢。一半是买它的本钱对不对?剩下的一半才是你的功劳。"

"不要说这个了。"小葵擦着眼角的汗,咸涩的汗水会渍痛她的眼睛。

"你读高中去了,住城里了,家里也没有人来养它……"阿姆还在那里絮絮叨叨,小葵还是一声不响。她们说的它,是小葵的牛。就在上个月,她在瓜棚里的时候,有个来帮忙"双抢"的外岛人,看中了它,把它买走了。那个人出了七百元钱,够买个电视机了。哥哥想买个电视机,他着急。

于是,就有了今天这台电视机,它和贵客们一起到来——也许,这也是招待贵客程序的一部分?这一刹那,小葵醍醐灌顶。如果是,她的痛楚,也许能轻些,毕竟,这也是在为哥哥出力,她应该的。

她和它相伴三年了。它有一双温顺的大眼睛，眼神温柔极了，叫声也是，"哞——"，尾音浸在蜜里。她放学回家第一件事情，就是给它割草，带它去小水库洗澡。休息日和假期，她就带它上山吃草。岛上的山，海拔也就一百多米，说是丘陵才更妥帖。她和它就在和缓的草坡上，它吃自己的草，她打一些鹅吃的草，过一会儿，互相都会找一下对方，眼神在白亮的太阳底下碰撞，仿佛它懂她的一切心事。它是一头好黄牛，它一定也在想念她，就跟她想它一样。

小葵抹了一把眼角的汗水，这一回，里面掺了泪水。好吧，我们这就算是为哥哥一起使劲吧。

车子的声音远去了，脚步声杂沓进来，而且，居然朝着厨房来了。哥哥难道没想到大夏天烧火人的窘境？但小葵已逃无可逃。她只把视线放在炉灶的火堆里，那里，橙黄色的火焰熊熊燃烧。很快，一个高大的身影遮住了她，那肯定不是哥哥，是其中的一个客人。

"你们去堂前喝茶吧，我们这里马上就好了。"妈妈急吼吼催哥哥他们离开。

停了风箱，灭了火焰，小心地把灰烬推到炉膛靠里一点，小葵庆幸自己有先见之明，早早就在小卧室备下了热水和凉水，这会儿就可以径直取用。哥哥他们正在堂前的廊檐下拆电视机，说是上海百花牌的，还是从县城里的华侨商店那里买的，质量有保证。

小葵一边在屋里擦洗身子，一边支棱着耳朵听他们说话。穿什么呢？穿那件西装领的白色朱丽纹短袖衬衫，配米色的混纺西裤，还有那双透明的塑料凉鞋。这是阿姆给她准备的进城读书的行头。阿姆会自己做衣服，她说这是照着阿爹春节去深圳带回的服装杂志上的款式做的。阿爹还带回一套FOLLOW ME的磁带和教材，买了一台卡式录音机，都是给小葵的。他本想去深圳看看有什么工作机会的，结果，他只是花光了他带去的钱。"你怎么就带回这一堆没用的东西来呢？今年又样样东西都涨价，你怎么就不晓得给家里留点钱啊？你当这钱是天上飘来的？小葵的学费怎么办？生活费怎么办？"阿姆埋怨，阿爹也就听着，不争辩。这钱，是爷爷寄来的，那可不就是从天上飘来的吗？

"我高小毕业，还是没文凭的，在深圳，只有出苦力的活轮得到我，那我还不如回家来呢。你说，我在深圳找不到工作，到美国更找不到了，对吧？我和田雷他爹琢磨着在海塘那里养对虾，我们会做起来的。"阿爹私下里和小葵说，"我们一起努力，我会赚到钱的，你呢，一定能考上大学的。日子，总会越来越好。"阿爹觉得自己赚来的钱才是用来安排日常生活的，而爷爷寄来的钱，是用来满足他的梦想：那些无用的，却把他和周围的人区别开来的东西。他实现了多少人生梦想呢？小葵不敢问他，对于大人的世界，她觉得自己还没有资格去探询。对于移民美国的事情，她也没有发言权。阿姆是坚决不想去的，她说："你没听新闻里都怎么说美国的吗？那地方那么乱，怎么能去啊？一个不小心，就被枪杀了。"小葵一直坚持听有线广播学说普通话，阿姆说得也没错，广播里就是这么说的。但这到底是不是真的？岛上已经有好几户人家移民去美国了。他们才去不久，还没人回来说见闻。他们这个岛，是有名的侨乡，像小葵家这样的，约有十分之一，大多是过去跑远洋船的水手后代。

她穿好了衣服，手都搭在门闩上了，可她却停住了。她在那并不存在的穿衣镜里看到了自己这一身新衣。穿成这样，是想去当主角吗？她退后几步，在虚空中端详一番自己，就脱了这簇新的一套，原样在衣架上挂好，换上了件粉色铜盆领短袖衬衫——已经穿了三年了吧？粉色已经发白。在藏蓝色长裤和天蓝色碎花半裙之间，她选了半裙，这是小姨送给她的。虽然平常换来换去没几身衣服，可阿姆把它们都打理得很体面。两位客人穿的衣服看着崭新，衬衫和长裤都紧紧的，勒得让人看着难受，这是新潮的穿法。

哥哥他们已经把电视机装在了客房。那是原先哥哥住的房间，这两天赶着又搭了两张小床，装了两顶白色蚊帐——其中一顶过几天小葵就会带去学校宿舍用。

"看着像我们职工宿舍。"小葵听一个客人在里头说。

"我们的宿舍可是水泥地。"另一个客人说。

小葵帮着放好了碗筷，四个男人面前都放了酒盅，斟的是自家酿的糯米酒。屋外蝉声一片，这刚出了末伏，就有了几分寒蝉的意思，声音比盛夏温柔许多。屋内飘起邓丽君的歌声："……我爱这夜色茫茫，也爱这夜莺歌唱。更爱那花一般的梦，拥抱着夜来香……"

两个客人在房间里头惊叹黑色的泥地也能这样平滑之后，随着这歌声齐声赞叹："哇！你家还有录音机！邓丽君的磁带！"哥哥的客房里，集中了家里所有的精华，阿爹差一点要把三五牌座钟也搬过去，被阿姆拦住了。小葵也有点不自在，不能等吃了饭再显摆吗？或许，这不叫显摆，那该叫什么呢？

客人们终于坐下了，又尽责地再次赞叹了那收录机和邓丽君，阿爹有点不好意思，说："买来是给小葵学英语的。"

"那更了不起呢。"客人中个子高的那个笑道。

"我妹要去城里上高中了。"

"是吗？我们面前坐着一个未来的大学生呢。"还是那个人接的话头。看个头，刚才就是他站在风箱旁挡住大家视线的吧？

小葵只好抬起头来笑笑，说："但愿三年后的高考我能发挥好。"

一阵沉默突然降临。人们就是这样对待可能到来的残酷真相的：在它显形前先别过头去。话题马上被哥哥带到下午的活动，他们打算下午去峙中岛。那是一座潮汐岛，午潮退出去之后，两岛之间就有一条足够坚硬的鹅卵石路，可以走着过去。当然，得赶在晚潮涨上来之前回来。一条隐藏在海水之下的道路，是不是足够诱惑人？这几年政府在推行一个政策，叫作"大岛建小岛迁"，那里的年轻人大多迁出来了，那个岛几乎是座空岛——只有几个怎么也不肯搬出来的老人住在那里，过着原始的生活，没有电。

"没有电可怎么活啊？"个子矮些的年轻人终于说了一句话，高个子年轻人和哥哥赶紧附和。阿姆和小葵的视线在空中撞了一下，又弹开了。她们有些窘,为哥哥。说起来,他们的岛上通电,也不过是在一九八〇年,也就是四年之前的事。岛上的华侨捐款资助的发电厂,每天晚上六点半到十点才有电。虽说大家在传,很快,本岛上的电缆就要铺过江。很快,全天就会有电了。但很快到底有多快,谁也说不准。

"自来水也没有的,对吗?"那人又问。

"那当然。"哥哥答道。

"我们岛上也没有自来水。"小葵接着说,存心挨哥哥一个白眼。

"很快会有了。等过江电缆从海底铺过来,峙中岙水库那里要建水站了,那就会有自来水了。"阿爹笑道,"说不定明年你们再来,就又有电又有自来水了。来来,吃这个大螃蟹。"

小葵冷眼看客人拆开螃蟹,居中拗开后又撕下大腿,嫩白的蟹肉肥嘟嘟地露出来,他们才放进口里。小葵是把蟹块直接放嘴里咬的,在嘴里挤出肉。小说里是有这么写的,从吃相可以看出那人的教养。小葵从来觉得那不过是矫揉造作,看来不是。进了城,会有人观察她的吃相、步态、说话的样子,然后在心里给她下评语:一个从鸟不拉屎的西伯利亚小岛来的女孩子,一个乡下人。阿爹在岛上素来有"怪"的名声,那也只不过是他一直想学城里人的样子而最终只能种地为生。在田雷家的电视上,她已经看过城市女孩子是什么样的,她觉得和自己并没有大的区别,也许,是她看得太不仔细了。这几天,她会在自己家的电视上好好静心端详。她这样想东想西的时候,心里头还有个小葵在那里撇嘴："至于嘛，你是去读书，又不是叫你去学做城里人。而且，你不是一向被女孩子们当男孩子看的吗？"

小葵低头吃着饭，默默回嘴道："田雷哥哥都这样吻了我了……我当然就是个女孩子，我长大了。"她抬起头，正好接住了高个子的视线，他的眼里有水光，一股湿意漫溢而来。小葵赶紧低下了头，那水汽却已霾住了她的眼睛，仿佛赤豆冰棒刚放进嘴，一缕白烟飘起，她激灵了一下。

"小葵，和我们一起去那个岛吧？"高个子说。

"小葵她带不了路，她从没去过峙中。"

"这么近也没去过？一起去吧。"矮个子也说，"能从海底走路，挺带劲的。"

"我还带了相机。女孩子们最喜欢拍照了。"高个子笑吟吟地看着她。

"我妹妹一直跟我们玩，我们都当她小男孩。"哥哥说，"就带她去吧，一起帮我们背水。我们得多带几壶水去。"

"哪有叫女孩子背水的道理？小葵，穿漂亮点，我们拍几张好照片回来。"

小葵看了好几回阿姆，等到她带笑点了头，才说："好的。我和你们一起去。"

午饭后，小葵进房间去换了一套漂亮衣服，哥哥他们在院子西墙边的香樟树下，那里并排放了三张竹躺椅，他们躺在那里说闲话。蝉

21

也在叫着，是不依不饶的架势。

"你家怎么不修个卫生间？用便桶，看上去多脏啊。"是矮个子在说话。小葵已经知道他叫小张，而高个子是小章，普通话读起来都一样，在舟山土话里，那却是两个截然不同的音。小葵正站在她那几套出客的衣服前，皱着眉头：便桶是阿爹今早才倒干净刷干净的，怎么会脏呢？这样满嘴喷粪，他以为他是谁啊？

"他们早晚会修的。再说，这岛上怕是没一户修了卫生间吧？农村是这样的，你这城市人不懂。"小章说。

"你说的也对，这里是农村啊。"小张说，"晚上能看到《血疑》，我就该满足了。刚才我们调试过了，那频道能收到。"

"我早先问过我邻居的，他说能收到的。"哥哥的声音弱弱的。

小葵还在打量衣服。她并不是很想拍照，可她也不抵触，穿一套好看的衣服去拍照和穿一套简便的衣服去过海，她得折中而行。

"你看，这水泥地坪，浇得高高低低，狗啃过一样。这泥水匠不行，最后一道工序，他根本没走嘛。"估计小张半躺在竹椅上，正好可以眯起眼睛来仔细打量院子。

"还好啊，没你说的这么不像样。"小章说，"就是最后一道搓平压光做得不够。可这只是院子的地啊，这么大一块，这样子也过得去了。"

这水泥地坪，可是阿爹最新的骄傲啊，他常偏着头端详它，还跟小葵说："你看，好跳舞的。"幸亏，阿爹已经出门忙去了，他赶在潮水退尽之前，为晚饭去弄些滩涂上的小海鲜，比如黄蛤和沙蟹，运气好还有跳跳鱼和沙鳗。

小葵没听到哥哥为水泥地坪辩护，这让她有些生气。虽然她没有出过岛，没有和很多人打过交道，可是，她读了很多小说，从那些虚拟的人生当中，她也获得了一些人生经验。一个人怎么肯帮他看不起的人呢？若要他帮忙，先得让他看得起你。哥哥难道不懂这个道理？再说了，成为正式工，就那么要紧？

小葵最后选定了那件怪衣服。那是阿爹从上海买回来的，据说动用了外汇券。她从衣柜的最里头把它拎了出来，细溜溜的一条，深深浅浅凹凸不平各种蓝色的泡泡，穿到身上，不紧绷，也不飘荡，看着面料不薄，穿上却很透气。爸爸说这面料就叫泡泡纱，他见售货员穿着好看，也就拿了一件。"怎么可能好看呢？"这是小葵第一次试穿时，阿姆说的话，"你看，整个肩膀都露出来了。你看，这一扯，裙子就掉了。这么怪，不能在这里穿。"阿爹赶紧拿出他的补救措施：那是一顶宽大柔软的草帽，米色的，帽檐系了条蓝色的蝴蝶结飘带，缎面闪着幽幽的光，帽内有防风带子，再大的风也不怕。戴上帽子之后，裸露的后背和双肩，就都隐在阴影里了。这样的装扮，是嘉莉妹妹的吧？小葵想着她最近在读的书中的女主人公——那个进城的乡下女孩，最后被城市生活吞噬了。打量来打量去，阿姆坚决摇头，她说："真要穿，也等她以后进城了再穿。"

这是一条为城市生活准备的裙子，现在，小葵把它穿在身上了，帽子也戴上了。阿姆装水的袋子，是米黄色的布头拼成的，和帽子的颜色很配。这布也是阿爹的突发奇想，有一回，他从城里扛回了整整一匹米黄色的布，说是朋友送的。于是，这两年，一到春秋天，家人们全身上下就一个个都变成米黄色的了。阿姆开头以为这颜色很容易脏，结果，她发现，这颜色居然很耐脏，于是，她就大胆地把零碎布用到手提袋、围裙、防尘盖布上，那么，家里也慢慢地变成米黄色的了。阿爹开始为此皱眉头，可他也不好说什么，毕竟，那是他自己扛回来的布。就像此刻，他肯定没法对她这身装束说什么，毕竟，那是他买给她的。

小葵立在院中了，午后的阳光把她的身影打在水泥地上，她知道草帽上的缎带正在闪光。在阴影里，她问："我们可以出发了吗？"她的身体在微微发抖。

等了好一会儿，那三个男的才从竹躺椅上起来。她没有等他们，转身朝院子外走去。她听到阿姆从厨房里快步走出的声音，阿姆马上就要出声喊她的名字了吧？但是这次没有。

大团的云朵轻盈丰满，它们彼此遥遥相望，在小平原、花地、池塘和内海上投下身影。有那么一两秒，小葵觉得这世界是定格的，有某种强力固定了此刻的秩序，如果她回头看，云朵就会啪地掉下来，把她砸扁。

他们一直跟在她身后，她得快步走，才能保住领先。有一粒小石子进了鞋底，窝在她的脚心，每走一步，它尖锐的角就刺过来，生疼。她还是走得飞快。恍惚间,她听到小牛的喘息。她疾走下山时,它会奋力跟上,它还小,它还黏人,它的鼻尖就咻咻地抵在她的耳根。她为它不值,也为自己不值。何必穿成这样?可这会儿没有回头的路了。

她肩上一轻,有人取走了她的布包。一只手飞快地抢过包带,一只手安抚着受惊的肩头,掌心的温度,隔着泡泡纱传过来。

"这么重。"是小章,是他的喘息,"又走这么快。"

小葵停了下来,站定,侧着凉鞋,抖出了那粒石子。她笑道,很大方的样子:"我平常也走这么快。"

现在,他们已经下了山,走在小平原的机耕路上了。两三只白鹭从池塘那边飞来,跟着他们,飞飞停停。

"小葵,你穿得真漂亮,跟外国电影里的女人一样。"小张说。

"我爸爸去年在上海给她买的,用外汇券,还得再加不小的一笔钱,我妈心疼了很久。"哥哥在为她解说。小葵为他着急——这是不必解释的,但转念一想,也许,这才是她今天穿这一身想要的效果。

"你爸爸经常跑上海和深圳吗?"小章问。

"深圳他是今年才去,上海是每年都跑的。家里好多东西都是上海买的。"

"他怎么这么有胆量老是往大城市跑啊?"小章问。

"你们家怎么会一直有外汇券呢?平常人家都是有需要了才找人去买几张来的。"小张同时也问。

"我想,是我爸爸年轻时去全国串联过吧?他说只要带上全国粮票就能行。估计那时候练了胆量。"哥哥这样回答了小章。小葵在心里笑他:男孩子看世界,就是这么表面。

"外汇券嘛,我们这里叫华侨券。我家是华侨啊,我爷爷在美国。你家需要的话,你和我说一声就行。"哥哥这样回答了小张。

小葵想说,可是以后不会有了,但她想了想,还是咽下了这句话。小章对她挤了一下眼睛,小葵会意,摇了一下头,也笑了。随即,小葵低下头去,她不该笑的,她凭什么笑?她整个身子都僵了。她走得飞快,小章跟着并肩走,和哥哥他们拉开了一段距离,小章俯下身子在她耳边说:"我们需要小张帮忙嘛。"

潮水已经退尽,两座小岛之间,一条滩涂裸露出来,星散的礁石和其间的鹅卵石密布其上。小葵也是第一次走,她试探着踩上鹅卵石,滩涂坚硬,足可承担她的重量。走到中途,他们靠着一块平整的礁石,拿布袋中的水喝。阿姆装了四个行军水壶,有两个水壶都是敲瘪的。两个新的小葵给了客人,她递水壶给哥哥,冷眼看看他的平顺眉眼,她不由一阵心疼,就像心疼她的小牛那样。城市生活在开出价码,哥哥已经开始支付了。

他们在那礁石上拍了合照。小章的照相机是能设定时自动拍的,他给大家定了位置,摆了姿势:小葵居中,身后是哥哥,左边是小张,右边是小章;小葵稍微侧了身子,帽子拿在手上,放在膝上,风吹着她的齐耳短发,缎带蝴蝶结也随风飘着。相机放在相邻的礁石上,小章取了景,踩着鹅卵石袋鼠一般跳回来,在小葵右边坐了,说:"看向镜头,微笑啊。"说话的气息咻咻地吹向小葵耳根。小葵都笑僵了,才听到快门咔嚓一响。

那笑容呈现在照片上会是什么样的?他们走在潮间带上,小葵眼看着岩石上的红藻(它们晒干了就是紫菜),想了很久自己刚刚被拍下的笑容。虽是午后,阳光依旧丰沛,低潮线白色边际闪烁着光芒,一排又尖又细的白牙似的,眼看着下一秒就要扑上来。滩涂蒸腾出混合着海泥、海水与太阳的气味,和他们身上的汗味一起缠绕着,冲往小葵的鼻腔。即便是袋鼠跳一般,小章也尽力跟在她的身边,他的喘息,他的体味,从这些混合的气味中飘离出来,直直地进入小葵的鼻腔。

三

"这是比大地尽头更远的地方啊……"他们已经在峙中岛了,小章站在岛的制高点上,望着西边绵延的陆地边缘,向着一片苍茫海天,大声喊。

"小章是我们公司有名的诗人。"小张解释说,带了点尴尬。

"诗人都这样。我爸没事也爱吟诗呢,对吧,小葵,我爸他也算个诗人。"哥哥也说。

"小葵,最近你爸都吟什么诗?"小章好奇道。

小葵说:"他呀,他会背的诗词可多了。前些天他常叹的是这么一首:'我生天地间,一蚁寄大磨。区区欲右行,不救风轮左。'这几天他又叹:'仰天大笑出门去,我辈岂是蓬蒿人。'可是,你们说,我们不是蓬蒿人,又是什么人呢?"

小章笑着说:"都是些古诗啊。"

说完这些,小葵也尴尬了。阿爹是个农民,原不该会背那么多诗,而且还是古诗。会背那么多诗,于农事无补,于自己,更不伦不类,就像她今天穿的这身衣服。

"到二〇〇〇年就好了。到那时候,每个人都有闲心读诗写诗了。我想,也不会有城市啊农村啊这样的区别了,都实现'四个现代化'了,对吧?"小章神往地说。大家都附和。二〇〇〇年啊,那会是一个怎样的新时代?到那个时候,物资丰足,大家都过上了平等和体面的生活,多好。那是十六年后的事情,那时候的她,是什么样的?

眼前,他们已经把这个小岛看了一遍,除了空置的楼房(真是可惜了),就是上了年纪的老人——大多是老妇人,她们的眼神也和那些空置的楼房一样,对他们这几个外来者,只有空洞而慈祥的微笑。

"没有电,没有水,生活不方便吧?"

"有蜡烛啊,还有煤油灯。有井水啊,还有溪水。没啥不方便的。"老妇人回答着,看不出有什么不满足,两个城里人很是失望,小葵的心底,却莫名有些感动。从远古而来的人在山林海岛自然生活,简朴而又充满诗意,比如春天院子中的楝树花,如丁香般紫,比丁香还香,她却没见过哪个诗人来郑重咏诵它。这简单的生活,被抛弃了。过了十六年,这些老人还会在吗?老人消失之后,这里的"生活"就也消失了,会有人记得她们吗?这样想想,小葵就有些悲伤。

她没有把这悲伤说出口。心底里,她自己也清楚,大概这是比他们的失望更虚妄的东西。

晚潮已在远方涌起,他们得赶紧回去。曝晒了一下午的滩涂,表土已经隐隐发白,一块大礁石的阴影里,几只灰色的涉禽带着饱食后的倦怠,漠然盯着他们。海天线处,黄昏的舞台已经搭好,在蓝紫色的海水和玫瑰色的云朵之间,夕阳红润依旧。风起了,鼓满了小葵的裙子,她把帽子拎在手里,任霞光落到她裸露的肩背之上。她还是走在前头,身后的小章在吟诵李清照的名句:"这就是'落日熔金,暮云合璧'啊。"渐渐逼近的潮水,让他的兴奋里又带上了紧张,他的声音都是颤抖的。

终于回到安全地带了,回头望,晚潮已经涨上来了。阿爹在半山腰的院门那里张望,白色的衬衫特别醒目。他看到他们了,朝他们挥手。

"我爸是要带我们去大水库洗澡吧。"哥哥跟两位客人说,"啊,好想念泡在深水区的感觉啊。可我爸会禁止我们去深水区的。"

"小葵也去大水库吗?"小章问。

"去的,她会帮我们把衣服都洗了。"

哥哥总是这样,他会把话兜底说了。

在太阳底下晒了一下午，皮肤都是烫的，在水里浸着，也算是安抚皮肤的一种方法。可今天，小葵不想去。女孩子们在水库里只是浸着，不脱衣服，上岸后立刻裹了大毛巾或外套往家里跑，一路滴答滴答滴着水。小葵从前不觉得这有什么不妥，可今天不行。她说："我在家里洗好了，就来水库帮你们洗衣服。"烧火啊，洗衣服啊，这样的事情，这岛上每个姑娘家都做，她也没觉出其中有什么不妥。

小葵在家洗了澡，换上裤腿宽大的长裤——她得挽起裤腿蹲在水库边洗衣服；还有宽松的，领子只露出锁骨的上衣——她会倾身向前搓洗，不能走光了；再拐上一只快有五十厘米直径的竹筐，待会儿，她将带回满满一筐洗净的衣服。

这大水库，是"农业学大寨"的时候修的，有年头了。为修这水库，村里的人全员出动，年轻的阿姆也在，有一次担土，她还矮小，被走在前面的人的扁担撞到了额头。"喏，你摸摸看，这里还有个硬块。"阿姆让小葵摸过她的前额。近年母女间也有了私密对话："他们把我们女人也都当铁人呢，来月经了也一样挑重担，一样下水稻田干活。"小葵心疼阿姆，她摸着那额头上的硬块，想哭。

到了水库边，小葵一眼就找到了哥哥他们脱在岸边的衣服——城里人脱下的衣服特别鲜亮。她边洗自己和阿姆的衣服，边在水面上找哥哥他们。果然，他们在临近深水区的地方，阿爹守在他们身边，他看到她了，朝她摇摇手，小葵也挥手作答。小章也看见她了，他向她游过来，他的泳姿很漂亮，因此，也很惹眼。他在众人的注目礼下，游到她的身边，穿着泳裤，蹲到她身边说："我和你一起洗衣服。你真的太苦了，烧火汗湿身子，洗衣服又一直浸在水里，这就是'水深火热'吧！你要是我的妹妹，我才不会这样让你吃苦！"

小葵被他说得眼眶发热，她柔声说道："你说什么呀。出了水，要赶紧去换上干衣服。风一吹，会感冒的。"她指着岸边的茅草丛，说："男孩子们大多在那后面换衣服。"她说话的声调那么温柔，把自己都吓住了，她就停了嘴。

他换上了西装短裤和汗衫，蹲下来的时候，小葵都怕这短裤会绷线。小章洗衣服的手法，看着就是熟练工，打肥皂、搓洗、过水、漂净，行云流水一般。小葵暗暗吃惊。小葵专洗上装，他洗下装，他们洗得不快不慢。"我爸妈是双职工，我暑假里什么都干，我会洗衣服，也会做饭，还要打扫卫生。"他在小葵耳边轻声说，"放心，等你将来在城里生活了，就不会这么辛苦了。"

小葵叹了口气。她很想指着深水区告诉他，有个男孩子，就因为高考落榜，就因为没法子拥有城市生活，他就自己走进了深水区，再也没有上来。她还记得他的眼睛，细长，有丹凤眼的神韵，黑白特别分明。他的姐姐成绩也不差，为了他，辍了学，在城里当保姆，供他读高中。小葵张了几次口，终于没把这事情讲给小章听。他看着水库里那么多人，说道："真热闹啊。"小葵叹气道："是啊。立秋已经过了，处暑也过了，水会越来越凉，这热闹快要没了。"

"你对节气很敏感啊。"小章说着话，手上一刻不停。等哥哥和阿爹簇拥着小张上岸，去茅草丛后换了衣服，小章和小葵已经把衣服洗得差不多了，他们俩一起收了尾，两个人抬了这洗衣筐。跟着阿爹他们回到家，饭菜已经满满摆了一张圆桌，田雷一家都在帮忙，每个人面前都放着玻璃酒杯，是去年泡的杨梅酒，玫瑰色的酒体透亮放光。

晚饭的气氛，和午饭全然不同。两位年长的男人是主角，他们这帮孩子，就是陪席的。大家听田雷的爹细说在碶门旁边如何建起养对虾的池塘，海水怎么进来又怎么出去，大人们商量着合适的建塘位置，也估算着产量、产值和成本。

"你们会成为万元户吗？"小章问。

"我们会的。"田雷抢着答道，"我也会一起帮忙。"

晚风在院子里回旋，带着潮水的凉意和湿润。一队萤火虫在院子角落的草丛里起伏盘旋，比天幕上隐约的星子要亮许多。暮色渐渐起，但还没到要掌灯的程度，桌上的红烧跳跳鱼、白酒醉沙蟹、葱油黄蛤、白灼望潮，都还能看清充满弹性的新鲜样子——它们是阿爹下午赶海得来的。过会儿，阿爹还要背起鱼篓和扳罾，去涨潮的海水里试试运气，那盏戴在头顶的煤油灯，阿姆已经擦得锃亮，这些家伙，都在院门边的矮墙上放着了。

故此，阿爹喝了一杯杨梅酒，吃了一碗饭，和田雷的爹说了一会儿闲话，也就离席了。田雷的爹跟着阿爹一起去，"我的赶潮技术可比不上你阿爹"。他挤眉弄眼笑着和小葵告别。田雷家没有女儿，小葵在他家也是受宠的。

阿姆她们也顺势离席，年轻人就活泛起来，说了奥运会，说了女排，各有见解，但都对许海峰一致推崇。"一九八四年七月二十九日，在第二十三届洛杉矶奥运会上，许海峰以566环的成绩获自选手枪慢射金牌，这是我国奥运史上的第一个冠军……"小章学着电视上播新闻的腔调，端着说话。他的普通话真好听。他们开始用普通话互相交流，据说县城里就是这样，大家都说普通话。小葵的普通话是跟着有线广播学的，她对翘舌、平舌、前鼻音、后鼻音，很下过一番功夫，她的普通话只用在课堂和表演上，今晚却是用来会话，她觉得自己像在说外语。"小葵的普通话真不错啊，一点都不像乡下学校出来的。"小章和小张这样惊叹。哥哥和田雷都有些尴尬，他们的普通话没有像小葵那样刻意雕琢过，但他们倒也不觉得这有什么不对，这很自然啊，大家就是这样说话的，像小葵那样，才怪怪的呢。他们从前这样子说过小葵。

天色黑下来之前，他们已经喝了两巡杨梅果酒，把小海鲜们都放进了肚子。小葵也把她面前的那一小杯杨梅酒喝完了，慢慢咀嚼着浸泡在酒里的那颗杨梅，她很想试试她学的英语发音，可她还是熬住了，快了，下个月到课堂上去试吧。酒精似乎起了作用，在头顶闪烁的星河当中，她看到了进了城的自己，说着好听的普通话，说着同样好听的英语，穿着好看的裙子，对着她好看地微笑。

恍惚中，她还是坚持着和阿姆一起撤下圆桌，用长凳子和门板搭了三张简易的床，客人们可以盘腿坐在上面，也可以半躺着歪在上头。哥哥掇了一张小方桌出来，又把电视机抱到院子里，调试了天线，《血疑》的主题曲就飘了出来，和晚风一起在院子里回旋。小葵听说过这部剧，但她没有去田雷家跟着追，她觉得这样太耗时间，她要把宝贵的时间都用在学习上。他们看来都熟悉剧情，脸上都是投入的表情。小章有两次回头看她，田雷也有两次回头看她，朝她笑。小葵坐在竹躺椅上，蜷起腿，抱着自己，看着幸子和光夫在那里落泪——虽然不知道他们到底是为了什么，心头却也跟着一阵甜蜜一阵酸楚。此刻，通过这台黑白电视机，这个遥远的岛屿，是和世界连接在一起的；她呢，和世界上的那么多人都连接在一起。

《血疑》播完了，阿爹也回来了，他放下鱼篓的时候，很是吃力。一天赶两回海，这样的日子并不多。阿姆接过鱼篓，在厨房门口，拉开那盏60瓦的灯，在灯光里，她张开剪刀，批去鱼鳞；合上剪刀，剪开鱼肚。刚出水的鱼，没有一丝腥味。阿姆摘除完鱼的内脏，拿水冲了地，进厨房去生火，小葵跟了进去，又拉起风箱。阿姆把小鱼都烤了——其实就是红烧，但汁水更干，酱色更重；大鱼切块腌了，明天让哥哥带去送人。在风箱的抽拉声中，小葵提醒阿姆："他们可是渔业公司的，会稀罕我们的鱼？"阿姆说："他们那些大铁船捕的都是外洋鱼，哪有我们内海的鱼好吃？他们的鱼只好做做鱼片。"小葵不知道阿姆说得对不对，她的阅读世界里，没有这个部分，否则，她还可以做些从虚拟到现实的推测。

厨房的灯光中，灶膛里的火特别红，小葵抱着必定是要浑身出汗的打算，也就觉得此刻的热，不过只是预期中的热。盐粒擦在鱼肉上，窸窸窣窣，小葵暗暗提着一口气，祈祷阿姆的手指不要被鱼肚里暗藏的鱼刺剌破。阿姆够苦的了，小葵没见她闲下来过，她总是在操劳，也总是在担心，可她又总是没有办法——对于命运给的每一天，她都努力承受。这会是自己的将来吗？小葵牵着风箱，心头也一阵紧张。

"要好好读书。"阿姆絮叨道，"你也没人好靠，得靠你自己。"

小葵应着。这句絮叨她不知道听多少遍了。一锅鱼烤好了，鱼香满屋。她把炉灶里的火也扒出来，倒进灰缸。阿姆已经在那里埋好一锅新米粥了。明天的早饭，就是米粥和这烤鱼。吃过早饭，哥哥他们就要启程回去了。

小葵重新擦洗了身子，换上那套柔软宽大的人造棉衣服，走到院中，阿爹已经在他的躺椅上睡着了，身上搭着一条毛巾被。三张门板搭的床上，哥哥和客人们都睡着了，身上也都有薄被子。看来，客人们贪恋院子里的凉，不肯进屋去睡。阿姆在院子里燃了三盘蚊香，见了小葵，指着那张还空着的躺椅，轻声说："你睡觉轻，在这里照应着一点。我可要睡觉去了。"

满天星斗璀璨。小葵躺下，拿毛巾被盖住全身，最后看了一眼星空，把毛巾被拉到脸上，避蚊子倒在其次，她避的是露水。朝露这种美妙的东西，却会使人眼睛发涩。

她睡着了，迷糊中，她还是听到夜深后，阿爹起身进屋睡觉了，哥哥起了个夜，又回到门板床上睡下了——她认得他们的脚步声。

不知道什么时候，她听到有人蹲在她的身边，轻轻说："I love you，小葵。"是小章的声音。随即，他温热的唇贴上她的额头，隔着毛巾被，他拥抱了她，一只手探进毛巾被来，轻轻掠过她的胸口，在她的心脏位置，停了老半天。她的心脏在呼应着跳动，她听到自己的呼吸急促起来。他的手在她的胸上聚拢了，捏住一点，轻轻捻着，一群蚂蚁似乎应声在她身上爬动，她的身体开始起伏，那只手就游走下去，探过宽松的橡皮筋，到了它想到的地方，先是整个铺展，再是聚拢了，按着一动不动。

小葵吓住了，一动不动，整个人僵硬起来。她对自己说，这是在做梦，她被魇住了。时间在那里停止了。这时候，她听到了有人在门板床上转了一个身，小章就站起来离开了。他去了一趟厕所，好久，之后就回到自己的门板床上。又过了好久，小葵把毛巾被拉到鼻子底下，她睁开眼睛，在西南方的天空，银河那里，也有一只巨大的眼睛，清澈极了，它盯着她。

四

开学没几天，小葵就收到了一封信，看地址，是哥哥的公司，厚厚的一沓，捏着就知道那是照片。她没有在教室里拆开——她和同学们还不熟，她不想自己的照片一不小心被传阅。要是在她的"男人婆"

时代，她会爽气地拆开信封，至少和同桌、前后桌的同学分享这些照片。可是，小葵已经变了，她已经是一个矜持的女孩子了，她不会像从前那样放声大笑，也不想在几个小姐妹小兄弟组成的小团体中去当开心果，那些都过去了。现在，无名的忧伤时不时地袭击她，她有了一张近乎沉郁的脸。

她在城里读高中了。这学校有体育馆，有图书馆，但宿舍里没有卫生间，她们要穿过老远的路去上厕所，也要带着水桶和面盆去淋浴房。她也已经游走了这个县城，老街上的老虎灶让她看着亲切，这多像自己家的土灶和尺八镬。她也看到了沿街人家的煤球炉，看到了大清早的马桶和粪车。这个县城，和她在小说中看到的城市，并不一样，那么，还有更大的地方，一个车水马龙的真正的城市，在将来等着她。

九月，天还是热，还是有午休。小葵的寝室临古护城河，铺位又在上铺，她坐在床上拆信，河面上阳光闪烁，她不由得想到去往潮汐岛的那天，海面之上，一样浮光跃金——虽只隔了半个月，却像在上个世纪。

这些照片上的自己，只有合照上的在对着镜头使劲笑，笑得眼如弦月。其余的，她总是望着镜头之外的某处，蓝天白云之下，近景大多是礁石，远景一律是海面波光，那件裙子成了主角，她这个人，反倒模糊了。

小葵有点出神，一个人愣怔无声呆坐，看护城河上泛绿的水，起了波光后，似乎就变清洁了。她的下铺直起身来，看她到底在做什么，一见她手上照片，也就探头一起来看，惊呼之后，一个寝室八个女孩子就都传阅了。她们对那条裙子赞不绝口，有一个道："啊！是彩色照片！这裙子是你的？你带来了吗？借我一下？我去照相馆拍，海的背景，照相馆里也有的。我连一张彩色照片也没有，黑白的，也只有几张。"

那条裙子就在床底下的箱子里，小葵还在愣怔中，却脱口而出："在家里呢。我妈说这在学校里也没法穿。"确实，学校里是没有穿这样裙子的机会，即便是城里孩子，穿的衣服也都是循规蹈矩的，好多还一看就是家里大人的衣服改的。

那些照片又回到小葵手里，小章在照片上对着她笑。她以为是哥哥来的信，打开一看，却是小章的，说了很想念大家一起玩的日子（好像那日子很多似的），也说了她哥哥已经在办转正的手续了，估计明年开始就能有正式工待遇了，结婚后能申请分房——公司最近在造新的员工宿舍。他拉拉杂杂地写，到最后还有一首小诗。"挥别满天星辰，晨风里满是我的忧伤。"这是最后两句。小葵记得告别的情景，她不敢看小章，她只看到阿爹递给哥哥一只中号牛皮纸信封，小葵认得，那是阿爹用来放他的华侨券的。哥哥光顾着仔细地把它放入背包的内夹层，都没顾上抬头和她道别。

中秋节回家的时候，她真就把裙子和帽子都带回家，拿了个油纸袋，包了颗樟脑丸，塞塞窣窣藏到衣柜底层的角落里。

哥哥转正的事情,在新年年初,真的办成了,小葵松了一口气,否则,哪里去弄新的华侨券来?本来,每年旧历年年底,阿爹就能收到一笔爷爷从美国纽约寄来的美金——拿到手的时候,已经是一沓崭新的人民币和一沓华侨券。小葵没算过,这值人家几个月的工资,她甚至也没问过,这笔钱的具体数目,小葵想,大概阿爹也没往深里想过,似乎,这笔钱就像个压岁红包,只要它每年年底会来,阿爹就不用急着长大。而今年年底,这个压岁红包没了。

阿爹和田家伯伯的对虾塘,还是在年后动工了。"钱投资出去,才会生钱,留在手里,就是死钱。"阿爹说得很内行的样子,说得很有钱的样子,可小葵和阿姆一样,只有眼睁睁看着,任事情自己发生。"你只管读你的书。学费是一定有办法的。"阿姆宽慰小葵,"好在你哥哥总算能养活自己,你也快了。只要你们都出息了,我们怎么样都行。"

在不确定中,小葵唯一能确定的,是确认自己在好好读书。从秋到冬,小章来过三封信,都是寄照片来,再附了信。他挑了两张去放大,都是她的单人照:一张肩头浑圆,一张胸部浑圆。他又详细写了回信地址,还说,周六的时候,他可以来接小葵,他会安排玩的地方,她只要跟同学们说回家了就是。他想得可真周到。小葵动心过,她隐约知道,如果她去了,她也许能体验各种冒险的快乐——想着这些,她就心跳加速,手心出汗;可是,她默默地想了想《嘉莉妹妹》,跟随幻象,是要付出代价的,她要她自己真实的生活,她不要虚幻的快乐。她不是那种人家一喜欢她就浑身发抖的姑娘(其实你是的,另一个声音说),设想一下,一个人一喜欢你就对你动手动脚,那么,这喜欢里头,有几分尊重呢?小葵要尊重,多过喜欢。而这份尊重,人家也不会轻易给,只有自己慢慢挣,可能,比攒钱还难。这样的教育,阿姆给不了,是她自己读小说体悟出来的,跟阿姆说的"你要靠你自己"其实是一个道理。

小葵简短去信谢了,本想到新华书店买一本诗集送他,作为回礼——她都挑定了,想想还是作罢,把那本普希金的诗集又塞回了书架。小葵这边冷淡,那边也就跟着淡了。

小葵差不多一个多月从城里回一次岛,拿生活费,随季节换衣服鞋子,和田雷也见上一面,对于碉堡边的那一晚,他们都不再提起。"这次月考排在第几?"田雷关心这个。第一学期,无论小葵怎么努力,她的综合成绩,都只能排到班级前十名左右。她有些失落。再想想,班上多的是像她这样的各乡镇初中的"状元",多少有些释然;又想想,却还是不甘。这样的问题,一直问到高二,回答还是一样,田雷道:"小葵,你可以的,你一定能考上大学。"他说得那么用力,眼里都有泪光闪动。

小葵的眼里只有功课,她知道那是一把通往远方的钥匙,大学啊,分配工作啊,这些实在之物,听着虚幻,反倒是能去一座更大的城市这一点,让她激动。每一日,她就往这想象之城里添一处景致,都是她从小说里搬来的文字筑成的幻象,这激情,在她的心里燃起一股火苗,日日夜夜烤着她。

小葵会考上大学的，这桩在旁人看来很顺理成章的事，她自己却是心中无底。直到那天，印着大学名称和地址的信在眼前了，阿姆用裁衣的剪刀小心拆了，雪亮的刀锋嚓嚓剪开封口，阿爹取出信笺，在小葵的头顶展开了，说："录取了，九月十日去报到。"说得没头没脑的，声音直打战。阿姆说："我们要像人家那样，摆一桌热闹一下？"小葵和阿爹同声说："不要。"

　　也真是没空。这个夏天，亏得小葵搭把手，才把稻谷晒干了，晚稻种下了。养了对虾之后，阿爹和阿姆就连日连夜围着对虾塘转，吃住也都在那里，本来还有几分悠闲的晴耕雨读生活，早没有了。小葵的这个暑假，过得比往年苦，她不得不一个人奋力管着灶上和灶下做出一餐饭来——她不在，阿姆都是在虾塘里随便做点。他们在虾塘边上建了一间平房，除了有能抗住台风的牢固，其余都是怎么简单怎么来。他们俩是老板，更是小工，辛苦不在害怕之列，他们怕的是赤潮，怕的是气压低对虾缺氧——越近收获季节了，越怕。好在田雷家的虾塘就在隔壁，两家人也有个照应。这两年，田雷除了忙乡里的活，也帮家里的忙，体力活一做，身板倒结实了。阿爹和阿姆就没有帮手——但这话不能说出口，否则，田雷的脸立马就黑了。听阿姆讲，田雷就快要娶老婆了，这样，他们家又能多个帮手。

　　阿爹和阿姆把帮手都送走了，只留下他们自己。小葵默默整理上大学的行李，这三年她的身材没有变化，从前的衣服，一样可以带去。她从衣柜角落里取出那泡泡纱裙子，樟脑丸已经挥发得差不多了，只剩小小的一块。小葵抖开裙子，对着光，看有没有虫洞和霉迹，都没有，它还是一条完好的裙子，就像小葵自己。

这些天，小葵害怕入夜，却总等待着入夜。家里就她一个，她关紧了院门，在院子中搭张门板床，睡在星光或月光之中。半山之上，内海、远山都在眼前。在晴朗的夜晚，银河刚从海平面升起来的时候，她还是能找到那座恒星连缀成的拱桥，那是眼眶；有的时候是月亮，更多的时候是明亮的金星，它们是眼珠子。在南方的天空，当眼眶和眼珠子一起出现，仿佛银河瞬间开眼，万物都被点亮。这样的时刻，只要有耐心等待、辨认，总能等到几回。

她在院中睡到中夜，回到自己房间睡，她关紧门，把自己裹在毛巾被里，她绷紧双腿，潮汐之水从脚尖奔涌而来，她在潮水的拍打中孤绝扭动，那一刻，她想着的是小章。那么，自己当初真的是对他有爱意吗？起初，她觉得，那一晚，不过是小章随手的猎艳，是他在欺负一个农村女孩——他可能对这一套很内行，她为此感觉到恶心，也觉得伤心，她努力说服自己，他们并不是一对青年男女的单纯喜欢。她必须这样想，为的是抵抗自己时不时在理智之外涌起的情感，一种甜蜜又酸辛的感觉。而在这个获得独处空间的暑假，她反复回味那个夏日，却犹豫了。她从哥哥那里早就知道了，小章结婚了，分到了公司造的新房子；否则，她可能会在收到录取通知书的那天，就写信给他。

临行前有一晚，黄昏刚过，在南方的天空，银河初现，小葵呆坐在门板床上,看银河拱桥渐渐成形。但是,她没有等到一颗足够明亮的星星。

重新看到这只眼睛,是在大学的图书馆。她陪男朋友翻找他要找的天文书——这是他们的共同爱好,在某一面上,小葵看到了"银河之眼"这四个字。

"原来它叫'银河之眼'啊!"小葵惊喜地推着男友的臂膀。

"乡下人,看啥都新奇,这有啥好惊讶的?"男友笑道。男友来自大城市,在他看来,所有小城市的人,都是乡下人。对于小葵,他的最高评价是:"你真的不像一个乡下人。"然而,小葵是的。平常,小葵会笑着说回去:"跟那些发达国家的人比,你可不也是一个乡下人?"可是,在那一刻,男友的话,像一把雪亮的裁衣剪刀,嚓嚓剪开了他们之间的连接。拖到毕业之前,他们分了。小葵事后想,大概是因为他长得像小章,她才和他恋爱的吧?

也许真的是这个原因。

几年之后,小葵的生活就进入了一个城里女孩子的轨道。这个城,就是她读高中的那个小县城——她到不了更远的地方,她被分配回来了,她得到了一份工作,领到了套着红色塑封的粮油本——这就是吃"国家粮"的标志吧?可惜,到一九九三年,粮票就取消了,这粮油本,她还一次也没用过。这简直让她对她从前的人生目标起了疑心。对于生活的理解,她也更实际了,甚至,她都已经不大阅读小说了,她读的更多的是时尚杂志:服装的、电影的、美食的、旅游的,她都读。虽然，她读着这些，还是会和小说中的描写去比较，相比于恋爱经验，她似乎更重视各种社会阶层的描写，在文字中，她仔细体察这世界上的芸芸众生。她很少和同事朋友们聊小说，那看着很怪，聊聊服装和美食，就永远不会有错。但在找结婚对象上，小葵并没有像和同事相处那么随和，暗暗地，她有各种挑剔，倒也不是挑家庭条件（这方面更是她的弱项），她要的是对方至少得有点文艺气息。误打误撞，她还是和一个长得有点像小章的人结了婚，有意思的是，他比她年长了五岁，很喜欢摄影，那条泡泡纱的裙子，一样是好道具。他让她摆姿势，拉低她的肩头，让她不看镜头，只看向茫然的某处，他说她忧郁的表情更有味道。可是，照片上的自己，和从前的那些，还是不一样。不知怎么，在结婚前，小葵把从前去潮汐岛拍的照片，层层包裹了，放在原先放泡泡纱裙子的那个衣柜角落。

有时候她也想过，要是哪天在街上碰见了小章，那会怎么样？还能怎么样啊？她很奇怪自己会这么想。当初他们在潮汐岛上一起神往过的二〇〇〇年，就是明年，当梦想中的年份终于真实到来的时候，不知道小章他是什么心情。她站在穿衣镜前端详自己的时候，偶尔也会这样想，小章还会认得我吗？她觉得自己变化很大，现在的她的装扮，走的不是泡泡纱裙子的文艺路线，她穿得偏职业，衬衫加一步裙——虽然一步裙骑自行车很不方便，可是，很多人都在穿，这是近年的流行。

那一刻居然真的来了。那天，她送孩子上学，在机关幼儿园门口，手忙脚乱地抱着孩子从自行车书包架上下来，自行车左右摇动，就要倒了，她穿着高跟鞋，人也跟着摇晃。有人出手扶住了车子，叫着她的名字："是小葵吧？你一点都没变。"

那一刻像在梦中。小葵紧紧箍着孩子，看眼前突然出现的这个人。小章还是高瘦，可是，身材没从前笔挺了，鬓角也带了霜，当初八九岁的年龄差不觉得什么，放到中年，就显形了。他朝她笑，双眼还是闪亮，光泽如昨，只是眼神闪烁。小葵昏头了，一时竟忘了寒暄，嗫嚅道："你知道银河之眼吗？"

"不知道，那是什么啊？"那口气，仿佛他还在跟十六岁的小葵说话，仿佛她此刻手上抱的只是一个洋娃娃。小葵的儿子不耐烦了，在那里尖声说："妈妈，快走，我要迟到了啊。"

仓促间，小葵说："我去去就来啊。"她连自行车也没锁。可是，等她送儿子进了幼儿园，交到当班老师手里，再急急走出来，已不见小章的人影。自行车却已帮她锁好了，钥匙在前车兜里，上面盖着一本杂志，是小葵每个月都在买的《上海服饰》——她刚才也放在那里的，只不过他把它转了个面，像个暗号。小葵原地呆立了两三分钟，才缓过神来，推着自行车又走了一段，回想刚才见面情景，小章是空手来的，什么也没带，既没有背一个包，也没有推一辆自行车，也就是说，他也许就生活在这幼儿园附近。隔着马路，她看到一个新书报亭，这倒好，以后又多个买报刊的地方。她多打量了两眼，就看到了小章。在杂志缤纷的封面之间，那个报亭窗口的窄窄一块，也像一张

45

封面似的,正中是小章的脸。他也看向这边,似乎他看到她了,随即整个人往后一缩,隐去了。只要穿过这条马路,小葵就能去相认,请他吃个饭,说会儿话。甚至,有一个瞬间,她决绝地想,附近有很多小旅馆,他们可以去其中一个,继续那个夏夜。

她等着,如果数到三十,小章探出头来跟她招手,她就过去。她真的数到三十,才骑上自行车离开。那之后,她特意选能避开书报亭的路线接送孩子,但她在幼儿园门口时,还是会张望一下。可是,她的心已经淡了,开始为那一天那么浓烈的情感而羞愧。这是不应该的。当然,除了道德上的愧疚感之外,她也看到了,他们的身份和从前不一样了,也许这才是关键,可小葵抵死也不会承认这一点,那会让她更羞愧。

这次短暂的相遇,竟像是一次天赐的祛魅仪式。

那年暑假末尾,岛上的农忙也告一段落,小葵一家三口就回了岛上的家。小葵好几年没回岛帮忙"双抢"了。每次回家,感觉都是一趟远征,先坐公交车到码头,再坐船过江,船一日四班,她得算好时间;而公交车上,总是那么多人,小葵他们大多得站着,晃晃悠悠一个小时,小葵是习惯了的,另外两个却是叫苦连天。他们拖拖拉拉出门,到岛上总是下午了。幸亏现在周末双休,要是在四五年前,一周就休息一天,那回家一趟就还得请一天假。

她从衣柜角落里搜寻出那些老照片和一些高中毕业留念册之类的东西,一起搬了出来,说是晾晒一下带回自己家去。她先生小庄对着这些出土文物般的照片说:"拍得真是好看。这怕是第一代彩色照相机拍的照吧!还有放大的效果啊。那时候放大一张照片也挺贵的呢。"小葵听着,心头上暖暖地流过一些东西,那根绷了很多年的弦,啪的一声断了。原来,当年,自己是被郑重对待过的啊。

她的心头倏忽飘过小章站在风箱边的身影。现在,家里已经用上了煤气灶,瓶装的煤气,虽然价格比城里贵得快翻倍了,可再怎么样,大热天不用烧土灶了,这是一个大解脱。桌上的菜,依旧满满当当,那是阿爹清早从菜市场买的,他已经很久不去赶海了——多年养对虾,累坏了他的腰,他已经起不动扳罾了。而且,家里早就已经造了卫生间,是一九八五年那会儿和虾塘一起造的。只有水泥地坪还是老样子,不对,好几处有裂痕了,毕竟,那么多年了啊。

"这是在哪里啊?我怎么没见过这么好的地方?"小庄还在翻看照片,对着那些浮光跃金的海面,那些焦糖色的礁石,他很好奇。成为这个岛的女婿,也有年头了,他自以为已经对这个岛了如指掌。

"在附近的一个潮汐岛呢。"小葵说,"下次来,我带你们去,今天已经过不去了,潮水很快就要涨了。"

当年那几位岛上的老妇人是否还健在呢?小葵想着,陷在恍惚里。小庄还在翻来覆去看那几张照片,他主要在看背景,顺带客气地夸了摄影师的水平,却没有直接问那人是谁。

这次回家,主题是商量怎么翻修老屋的事情。吃过晚饭,先生就带了儿子出门去玩,让小葵安心和父母商量。哥哥最近在丈母娘家,只写信来说，他没意见，听小葵的就是。哥哥话是这么说，言外之意，怕是不怎么热心这事。也难怪，去年，他下岗了，正在愁出路。

去年，对虾塘的承包期也到了，小葵劝阿爹不要承包了，阿爹也听了。田雷家的，也不承包了。田雷当了副乡长了，听说马上会调到城郊某乡去，每天都很忙；他老婆已经先一步进城了，照应他们在城里的家，也忙；总之，都不能帮家里的忙了。有了孩子后，小葵回岛一年也没几趟，很少能碰到田雷，他阿姆却每次总会提一瓶酒来，有一次甚至是茅台，说是田雷叮嘱的，只要小葵回岛，就一定要她送瓶酒过来。阿爹也总是不客气地收下，不管贵贱，当即就开了，倒了喝，说："我们也享享田雷的福。"小葵心想，自己倒是没有让父母享上什么福，这次为修老屋出点钱，也算是孝顺吧。

盘点这养虾十三年，有年头赚，也有年头亏，末了算总账，竟也就是打个平手，仿佛那些辛苦都打了水漂——十三年啊！

"要是那几年海水不发赤潮就好了。"阿爹感慨，"总想着明年天气会好的，明年行情会好的，可每一年都有每一年的波折。"

"再怎么样，小葵这些年的学费、生活费，是赚出来了啊。"阿姆说，"想想看，这些年这物价涨得一浪比一浪高，没这虾塘的收入撑着，我们能过，孩子们咋过？"

小葵心头一酸，阿姆说的没错，她就是家里给供出来的。一家人凑在一起商量来商量去，先不修老屋了，等下次哥哥回家来，把这笔钱给他，助他一把——从头再来，哪有那么容易？家里还得继续供他。

阿姆头一回拿了主意，说明年养蚕吧，除了田地上的收成，得有些活钱收入。"你哥哥做生意需要钱，你家换房子也要用钱，我和你爹想来想去，我们还是要帮你们。"顿了顿，她又说，"只要我们还做得动。"

阿爹在那里沉吟着说："养蚕总比养虾要空些，至少我会有时间读些书。"小葵头一回想到，自从她去读高中之后，阿爹就没买过一本新书，也很少有时间用来读书。小葵觉得这很正常，可今天，她有些心虚了，说道："还是不要养蚕了吧？太辛苦了。我现在收入还可以，我以后更节俭些，省一点就能攒下钱的。"小葵暗暗惭愧，也许是遗传吧，她用每个月的工资收入来安排生活，而年底的那笔奖金，她总是把它当成压岁红包那样，去买她的"梦想"——跟阿爹从前对待爷爷从美国寄来的钱，是一样的。这样的用钱方式，确实很快乐。前些年，房子这样的事情，都是单位分配，不过就是等着论资排辈；可近年也改革了，小葵买到了房改房，可是，再以后要换大一些的房子，就得自己出钱到房地产市场上去买了。这些年，小葵的工资从几百元上涨到几千元了，她已经在用一百多元这样的价格去买一瓶进口化妆水了——她不敢告诉阿姆。

"小葵啊。"阿姆却像已经看到小葵的所有一切，"不是我说你，你要真的学些本事，不能只晓得打扮，只晓得做家务，更不好做一天和尚撞一天钟。人有真本事在手，就不怕。我现在最后悔的是，当初没让你哥去学手艺，只心疼他让他去国营公司享福，你看，到最后，还是我们害了他。都说工人老大哥,哪晓得有一天会这样啊……"

阿爹也在一边叹气,说:"听说小章也下岗了,那个小张,买下了一个啥经营部当老板了,还有,田雷以他老婆的名义买下了乡里的针织衫厂,说是搞改革呢,他这是勇挑重任。我细想想,才明白过来,田雷也是有资产的人了。你看,你们这三个孩子中……"

阿姆截住他的话头,说:"比什么比啊,不用比的。我们只要好好走正道,好好努力过日子就好了。"

阿爹无趣地走开,去摆弄电视机,信号不太好,播新闻的声音有些抖:"目前,俄联邦军队已控制车臣绝大部分地区……"吱吱响了半天之后,又传出声音:"中国加入世贸组织的双边协议……"

阿爹边调频道边叹:"看来我们得换彩电了呢。算起来,我们这台电视机都用了十四年了,刚买来的时候就听新闻说这加入世贸组织的事情,这谈判,也有十三年了吧?和我养对虾养得一样长……"

这会儿,正是夜色初起,小葵和阿姆站在院子里看海和对面层层叠叠的山。有了过江电缆后,电力就是整夜的了,不用担心到夜里十点就要断电,村里的主干道上,也有了路灯。小葵张望着,看儿子和他爸爸在哪里玩。她的手放在阿姆微驼的背上,轻轻摩挲着,不知怎么,满心愧疚。银河已经在东南边的海上升起,乳白色的星带汇成拱桥,不明不暗的下弦月散发幽光,此刻正行经桥下,这不期而至的景致,叫小葵有些激动,她说:"看啊,这是银河之眼。"

阿姆凝神看了一会儿,说:"是天眼呢。"

鱼尾纹

小葵纪元：2004

一

哈欠连天。一到春末，小葵就这样。在人前，她还能撑住正常表情，顶多来个小哈欠，美人春困嘛，入诗入画的。一个人的时候，大哈欠就列队出洞了，五官移位且不说，大嘴一张，活脱脱一个夜叉嬷母。

偏偏考试就在春末，偏偏今年的春困比往年更浓。困意一来，眼前的世界就像没有信号的电视屏幕，抖抖闪闪的，她总要挣扎一阵，才能和现实世界对上频道。

好在这些天，她请了假在家复习，不用见人。小葵一个人关在书房里，跟业务书上的条款斗，和大小哈欠斗。浓茶浓咖啡，风油精清凉油，冰袋冰垫子，都是她的武器。如此小玩意，没啥杀伤力。那么，头悬梁吧——无梁。锥刺股呢？有锥。问题是，刺了之后要去打破伤风针吧？真真无法可想，避人为上。

家人是躲不过的。

儿子找不到乐谱了，在客厅里一顿乱翻，没找到，又蹿进她的书房来。庄东明一把扯了他出去："不动脑子！浩浩你怎么会到妈妈这里练萨克斯呢？"

乐谱在沙发的缝隙里。小葵弯腰抠了出来，真不晓得这么一大张纸怎么会自己飘到那里。浩浩笑着仰脸抱住她说："妈妈神探！妈妈乖乖好好用功哦。"小葵答应着，俯身去亲他面颊，在快挨到的刹那，一个大哈欠突袭而来。浩浩闪躲开去，骇得也张大了嘴巴直愣愣盯着她。庄东明在玄关那里一迭声唤，都跺脚了，浩浩才醒觉过来，冷冷看她一眼，转身跑开了。

这孩子，难道从没见过人打哈欠吗？小葵凑到镜前，又一个大哈欠奔来，她很想看清，但终于没能看清楚自己的哈欠模样。

父子俩一出门，家里顿时空了。客厅里落地窗大开着，白纱帘被风吹得一鼓一鼓，像有个隐形人在那里原地跑步。小葵站在玄关的镜子前，几个哈欠之后，她朝镜中的自己笑了一下。原来，自己的笑容是这样的哦，很是矜持的样子。自己其实是自己最少看到的人，你也只有在镜子里才看得到自己对吧？她又朝自己仔细地看了两眼。鱼尾纹，有鱼尾纹了。

手机响了，是美容院的女孩子打来的："小杨姐姐，我帮你约明天晚上好不好？面膜做好，再做身体保养，然后，你这两个月的疲劳就一扫光了啦!"美容院居然也记得她考试的日子!小葵愣了好一会儿,才说:"明天啊?明天我考好后只想在家蒙头大睡。我们再约时间好吗?"

她在书桌边坐定,才看了两页书,又想给阿姆打电话。阿姆在苏州帮着做生意的哥哥带小孩,也就午后时分才有点儿空。话没说上两句,小葵的哈欠又来了,一连两个。吸气,呼气,气息被话筒放大,送得又深又远,阿姆在那头接着了,也跟着打了个哈欠,说:"哈欠连天的,脑子一团糨糊,哪里看得进书去?你赶紧歇一歇。"小葵向来听话,搁下电话就上了床,头一挨到枕头,睡意就来了。可不能睡太久,就眯会儿吧。春天在舟山总是逗留太久啊,这时节,大陆上早就入夏了,女孩儿们早就穿上露趾凉鞋了。

很快,小葵就滑入了睡眠的灰色地带。

楼下小公园里一群小孩儿在玩游戏,小葵听明白了,这游戏像捉迷藏,迷藏是悄悄地藏起来,它却是明藏,只能在对方眼皮底下快速跑动,伺机隐藏好自己。如果一直找不到隐身地,他就大喊一声:报到!认了输,游戏结束,不用跑了。

小葵迷糊睡去,只见呼啦啦跑进来一群黑衣人,一个个都没有脸,他们在房间里走动,到客厅到卧室到浴室到厨房,见孩子的东西就拿,遥控车、溜溜球、奥特曼的碟片、萨克斯管,一件件搬到一辆带篷的吉普车上。孩子衣柜里她叠得整整齐齐的衣服袜子,他们也双手郑重地捧着照样整整齐齐地搬上车去。她直愣愣看着,拼尽全身力气,发不出半点声音。黑衣无面人从她面前走过,就像她不存在一般。小葵挣扎着想坐起来。听到动静,他们向她走来,围着她站定,一圈空白的脸,可小葵能感受到从空白之中射过来的锐利视线。其中有一个走上前来,俯下身子,用手摸了她的脸,一只冰冷僵硬的手,顺着她的面颊滑下来,停留在锁骨那里——那是她最会痒痒的地方。那手指来回拨弄,小葵强忍不过,终于笑出声来,决堤一般,止也止不住。

她笑醒了。

庄东明已经回来,就在客厅里看NBA,他把声音调得很小,可小葵还是听得到,音乐、尖叫,还有兴奋时他猛拍大腿的声音。

孩子们的追逐声比梦里响亮。小葵撑起自己,先到窗口,她想弄明白那些孩子的藏身之处,是灌木丛、垃圾桶,还是葡萄架?看不到一个孩子。他们都躲起来了?苏醒过来的身体渐次恢复知觉,心口火烧火燎,喉头干如沙砾,这两处最难受。她朝厨房走去,冰箱里或许有冰水。NBA中场休息开始了,音乐飞扬,歌声响起,女孩儿的长发也在飞扬。这片喧闹声中,客厅里有一个点无比寂静,那个黑衣无面人就站在那里,随着 *Why Can't I* 的节奏,摇摆着身体。

打开冰箱,取出冰水,到餐桌旁坐下,往马克杯里注满水,小葵迷迷糊糊地做着这些。半杯冰水下肚,整个人终于清醒过来。哪里有什么黑衣无面人?她看了看挂钟,四点半。这一午觉睡得够长。再看看挂历,2004年6月7日。她的视线在2004这个数字上停留了一会儿。

新年头几个月，她一不小心就会在文件上打上"2003"，如今过了半年了，也该习惯这"2004"了，可上星期，她又犯了错，她把年份打成"2014"了，奇怪的是，核稿和签发乃至文印室排版那些一层层经手这文件的人，都没有注意到她的错误，直到文件回到她这里来最后校对的时候，这"2014"才刷地蹿到她眼睛里。小葵对数字不敏感，她需要非常留意才能记住一串对别人来说很容易记住的数字，比如电话号码，手机号码，QQ号码，银行卡密码。她又把视线扫回挂钟，现在是四点四十五了。对数字不敏感的人，对时间，也不敏感。小葵总是在不停地看时间，腕上的手表，墙上的挂钟，手机上的时间，甚至，她买过一个手镯表和一个项链表，即便如此，她也老是会感觉不到现在是几点。

"要去接浩浩了吧？"

"白老师总要拖课的。"庄东明说，"看完这一节去接，正好。"

"我去接吧？"小葵看看自己身上的白汗衫——庄东明穿旧了的，她拿来当了睡裙。

庄东明啪地关了电视，站起身来："刚睡了一大觉，再去接浩浩，一下午就没了，你还看什么书啊？"他走到门口换鞋的时候，又转头过来说："听说郑月玮每夜都复习到一两点啊。"

明天小葵要参加一场考试，一场关乎升迁的考试。她和庄东明都是公务员，工作十多年了，两个人都还不是单位中层，平常也不觉得有什么不足——总是平头百姓多嘛，但是，逢上同学聚会，就有点讪讪，到了过年，亲戚相问，莫名有些惭愧。席间排个座次，自觉不自觉，级别高的，总被让到上座。有几次，她硬被安插到主宾座旁边入座，说是让她好好招呼主宾，那一刻，小葵又觉得自己是个粉头似的。到后来，也就能避则避，就连单位里的应酬，小葵也多以孩子的理由请假，实在强不过，只得打叠起精神去，生怕自己一不小心就成了局外人。慢慢地，一同参加工作的几个同事变成某处长某主任了，小葵还是"小杨"，碰到一起下基层工作，主次轻重，接待方分得一清二楚，好几次，小葵都为自己尴尬上了。总算，大前年，小葵到乡镇去挂职了，按说挂职就是提拔的前奏，可到小葵这里，节奏总会缓下来。去年小葵又到县局当了局长助理，貌似提拔了，级别还是一点没动。庄东明和小葵探讨过好几回，问题到底出在哪里呢？

这会儿，小葵又这样问了一遍自己。她进浴室洗了一把脸，人还是迷迷糊糊，索性就淋了个冷水浴。她把莲蓬头的出水量调到最大，水流急速地冲击脊椎，整个人瞬间清醒。明天的笔试，小葵是不怕的。她这职位，这回有五个人一起参加笔试，淘汰三个，留两个进入面试。进入前两名是没问题的，对考试，她向来有信心，她做了多少年的年级第一名啊。考试的面目多变，技巧却都是一样的。除非……她在冷水里打了个战，又狠狠甩一下头，不会的，不会有这么无耻的事情。她在镜前擦干自己，浴后的皮肤，滋润光泽，鱼尾纹也消失了，她看起来还是那么年轻，体态玲珑，皮肤晶莹。她朝镜里的自己抿嘴一笑，三十出头是女人最好的时光，人生，还长着呢。

小葵又坐回书桌旁边，长吁了一口气。

明天就可以结束了！整整一个春天啊，他们都没有带儿子出去踏踏青放放风筝，她甚至没有好好烧一顿饭，一切能节省的时间都用来复习，即使走神，坐在书桌边的走神也比站在窗边更让她安心。庄东明包揽了所有的家务，连她的小裤和胸罩，庄东明也抢去洗了。他下手重，几个胸罩带都被扯松了。小葵只有摇摇头，说不出埋怨的话。所有的人都说郑月玮是她的有力对手，就连庄东明也这样说，她听着有点委屈了。

那一夜，临睡前，小葵在阳台上看了好一会儿月亮和夜海，点了一根庄东明的烟。她不抽烟，但她喜欢手指间有一根烟。这时节，栀子花香搭配洒满银白月光的海，是个良宵样子。烟很快燃完了，她夹着烟蒂又站了半天。一直到庄东明闷声催促才上了床。小葵想跟他说，拜托放松些，你这样紧张会弄得我更紧张的！这话到喉咙口盘旋了一下，说出口的却是："等考好了，我们去朱家尖玩吧。"庄东明说："天还不够热，早着呢，先别操这个心了！赶紧睡，睡足了，明天才会脑子清楚，对吧？"小葵睡下，朝庄东明贴过去，手松松地搁在他的小肚子上。庄东明握住她的手，往上挪了挪，拍了拍，说："安静睡了吧，明天考试。"遮光帘把一切夜光都挡在窗外，小葵在漆黑中翻了几个身，想了想明天该穿什么衣服。还是穿那条深蓝色的针织裙吧，冷静、矜持，却又柔软。她又想了会儿衣服穿在自己身上的样子，再接着，她想清空脑子睡觉，可关于这场考试的脑细胞偏偏就活跃起来。

　　这样的考试，叫作竞争上岗，也就是这两年才兴起的。今年的考试，原该是去年就举行的，受"非典"影响，就取消了。"非典"弄得人心惶惶，养生啊，消毒啊，成天忙经营肉体的事，竞争岗位这样的事，竟被淡化了。今年春节过后，生活恢复正常，单位里上上下下这才想起那几个空缺的中层岗位，原本取消的事情，又重新开头做了起来。对此，有各种版本的内幕传言，细节略过不提，总体大意是说那"取消"本就是颗烟幕弹，"内定"的几个人就一直在看书复习。你想，复习一年和复习一季，区别该多大啊。据说小葵也是在这内定的名单里的。

　　小葵听着就笑——哪有这回事？别人当她是在假撇清，到后来连她自己也模糊了，蓦然记起去年是有那么一次，她给冯局长送个请示报告，冯局长一见她就站起来迎，连声夸她的羊绒衫漂亮，她一低头看自己就红了脸，羊绒衫又薄又紧，还是藕色的，乳头凸在那里，圆润得可耻——真丝胸罩太薄了。出办公室门时忘记穿上大衣了——空调把身子烘得热乎乎的，从她办公室到局长办公室，也不过几步路，不穿大衣，并不觉得冷。冯局长贴近她站着把请示报告给签了，似乎还说了这样一句话："那考试书，你还是继续看着吧。"自己好像也回答过"好的"，一出门，她就忘了，到办公室里只顾着垂下头看自己紧绷绷的身体，为了把呢大衣穿得有型，小葵总把羊绒衫买小一号贴身穿，大概以前自己这个样子已经去过局长办公室好几趟了吧？那之后,她的椅子背上总是搭块大披肩,一出门就裹上。那披肩尺寸偏大,有一回冯局长说:"哎呀,小杨,你披张床单啊。"

床单?这是什么话嘛。

小葵用手指头摩挲着身下的床单。暗夜里,庄东明呼吸得均匀深沉,他睡觉,从来都是安安静静的。

二

事到临头,小葵就发现自己跳开了,跳到半空中,看另一个小葵在那里应对。考场里,那个小葵慌乱了一下,心脏嗵嗵地猛跳了一阵,她深呼吸几口,在试卷上写名字的时候,就把状态由慌乱调整到兴奋了。慌乱不过是兴奋的前奏。她沉浸在兴奋中,一口气答完卷子,空中的那个小葵缓缓归位,好了,现在只要检查一遍这个小葵做得怎样就好了。来回检查了两遍,她才抬起头来张望了一下左右。

郑月玮在她右前方,这会儿,她还在答题,写得太快,右手臂上的肉颤个不停。郑月玮是前年开始胖起来的,无论她怎么游泳跑步登山,那些肉还是不依不饶地爬上她的身体,结结实实地各就各位。小葵的视线在她宽阔的后背上停留了一会儿,又深深吸了一口气,让大脑再度进入谨慎的检查模式。郑月玮是第一个交卷的,离考试结束还有半小时呢。她动静很大地拉开椅子,又环视了一圈教室,走了。小葵又坐了一会儿,等一小半的人交卷之后,离结束还有十分钟,她才慢条斯理盖好笔帽，确认自己的答卷上是连标点符号也用得正确的。

等待成绩出来的日子是很难熬的。郑月玮请了三天假，说是发热了要挂盐水。小葵听到处长在电话里问："你在哪个医院？我们来看你。"郑月玮断然拒绝。小葵暗暗松了口气。

她们一个办公室已经坐了三年，两个女人，免不了唠叨些家事。郑月玮爱标榜自己在家里如何劳苦功高，比如她老公的工作，都是她找路子托人折腾好的。"你说，如今这年头男人怎么这么不可靠呢？"郑月玮这样问，小葵也不晓得怎么答，干笑几声，依旧忙自己手上的事。庄东明可靠吗？工作倒是他自己找的，可是那单位只有二十几个人，职位少，论资排辈也好，裙带关系也好，庄东明都靠不上。庄东明几乎年年先进，提拔却总轮不到他，苛刻点说，也是个不可靠的。可小葵觉得没啥好埋怨的，男人踏实、肯干、顾家，也就好了。何况，庄东明不打牌不抽烟，偶尔喝场大酒，熬夜看几场球赛，也都不过分的，就是脾气倔点，可谁没有脾气呢？

郑月玮有一回说她："你看，我剖心挖肺的话都跟你讲，你呢，什么都不说。"小葵回她："那你下回别剖啊挖啊的了。"这话噎得郑月玮脸都僵了，小葵只好打圆场："你也就说说姐夫坏话嘛，跟又剖又挖有啥关系？"郑月玮这才缓了脸色。小葵叫姐夫叫得顺口。

郑月玮爱热闹，和别的科室人时不时地打个牌聚个餐，很吃得开，和小葵呢，更是体己，周末两家人一起去海边野餐，湖边钓鱼，顺便在"渔家乐"吃顿海鲜，在"农家乐"吃只土鸡，杨梅满山红时，他们两家人开一辆车上山吃杨梅,两个女人坐后排,把孩子抱在膝盖上。都是郑月玮的老公开的车。两个男人处得不错,两个人偶尔会私底下出去喝个酒,庄东明没空的时候,也会托郑月玮的老公去接孩子。他们叫他孔哥。孔哥是个实在人,比郑月玮实在多了。有时候,小葵把郑月玮的唠叨学给庄东明听,庄东明就这样维护孔哥:"真想不明白,贬低老公,抬高自己,这有啥意思呢?"

郑月玮不在,办公室一下子宽敞起来。平常郑月玮总是走动着,弄得办公室到处都是她的气息。郑月玮不化妆,但是用香水,浓香水。小葵为了自己的鼻子,出差杭州时,狠狠心在杭州大厦给她买过迪奥香水,选了一款自己喜欢的香氛,名为"沙丘",说是海洋味的香水,充满阳光、沙滩、海风、清新空气和蓝色海洋的气息。海洋的香味是怎么样的,海边人自有体会。

爷爷常说小葵的鼻子是狗鼻子,而且小葵对香味的记忆,也持久得让她自己吃惊——她一直记得她闻到的第一个苹果的香味,那是她四岁住院时邻床男孩的爸爸带来的,那香味一直储存在她记忆的深处,和现实中的苹果,似乎没有什么关系。小葵在香水柜台闻了半天,确定还是这款香水适合自己的鼻子,她闻到了百合、兰花、茉莉和沙滩的味道。她送给郑月玮的时候说:"这款香水,广告说是很有女性气质的。"郑月玮喜欢人家说她有女人味。

新的办公楼在岛城新区的行政中心,计划明年搬过去。小葵准备了几只瓦楞纸箱,得空了就整理一点,免得到时抓瞎。小葵恋旧,一样东西跟她久了,她就舍不得扔,她整来整去,无非是把橱柜里不大用的东西整到箱子里。办公室门窗都开着,他们这办公楼在闹市中心,市声扰人,商家的打折叫卖在循环播放,永远是停业前最后一天甩卖。天气到底是热起来了,小葵出汗了,她就停下来,一时间,她的脑子空荡荡的,不晓得该想些什么,这也许是这几个月脑子被过度塞满之后的反应吧。这时候,是谁在批她那份试卷呢?据说是在一个保密的地方,由一群与他们毫无干系的老师在批。但对冯局长来说,这保密是不存在的吧?这两天,冯局长干脆就出差了,消失得无影无踪。也许,就是在监督评卷吧?小葵抱起手臂,背倚窗台。这时节的风是撩人的,小葵把衣服往后拉了拉,让风从脖颈吹入。

冯局长就是在这个时刻出现在她办公室门口的。

他的办公室在走廊的尽头,他必得经过她的办公室。平常,小葵都是背对门坐,郑月玮对着门坐,她和经过走廊的每个人都要点头打招呼,对冯局长更不必说了。每当郑月玮的月牙弯眼睛盛满甜浓笑意,小葵就知道,冯局长正在走过她们的门口。这会儿,小葵发现自己的眼睛居然变成了郑月玮的了。冯局长也就朝她淡淡地点了个头,脚步不停地朝里走去。小葵的眼睛就僵在那里,心里又恨恨地骂了自己一句,真贱!一个大哈欠就应声而来,五官移位之后,泪也随之微出,待拭去这几点泪痕后,猛又醒觉,平常,冯局长在她面前,一直都是平易近人的样子,怎么今天她都对他这样笑了,他却端起架子来了?

这个疑问,也就在自己心里盘旋着,不好拿出来和庄东明说。第二天,冯局长走过她那个办公室时,小葵是背对门口坐着,听到他的脚步声,她就扭过头去,却只看到他米黄色的裤腿,一闪就过了。脚步声毫不停留,吧嗒吧嗒,落到她身上一般。明天,大概就是公布成绩的日子,冯局长早就知道结果了吧?小葵坐不住了,又起来整理东西,近年的工作台账,她总想着日常也许有用,不肯收起来,靠在橱柜门上翻了几页,犹豫着要不要打包起来,心思无着无落。外科室的同事吴姐搬了一盆兰花进来,踢踢那个敞着口的瓦楞纸箱,说:"不是我说你哦,那么早整理干什么啊?提前一个礼拜整理,足够了!不就是一堆资料嘛。快挪个地方出来放兰花!"

吴姐会侍弄花草,她的办公室花团锦簇得不像办公室。前两年她还特意买了层顶楼房子,在楼板上厚铺了一层土,两三年经营下来,宛然一座空中花园。她种花草不在名贵,求的是个自然野趣,那些百合、兰花、菊花,都是从山上挖来的。对自己呢,也像对花草,一把长发随便绾在脑后,穿衣打扮,也就求个得体。小葵就喜欢她这样自自然然的,经过她那层办公楼时,常常拐进她那里看看花草。舟山岛上多兰花,吴姐那里的兰花一年四季都有,小葵就说她那办公室是芝兰之室。看她喜欢,吴姐就挪了一些花草过来,又怕她不会养,索性隔个十天半月就来轮换一番。老式办公楼没有电梯,她自己把花盆抱上抱下,还不要小葵帮忙。

这会儿,她就是来换花草的。她查看一番,又抱走了最需保养的一盆,留下的那盆叫建兰,已经隐隐有花苞了。对小葵的考试,她一个字也没提。小葵凑近兰花，用力闻，也就一些花草气息，兰花的幽香，是要静下心来，慢慢地等它飘来那么一丝半缕的，那才叫清香——干净的香味。干净。小葵琢磨着，是有香味才让人觉得干净呢，还是本身干净了才会有香味，小葵有时候会琢磨这样没意义的问题，通常，她就这样陷入发呆。电话响起时，小葵还在发呆，是吴姐，她说："我刚才拿走的那盆兰花，根死了。烫死的，被热水烫死的！"

小葵拿着听筒，迷糊了半天："什么啊？"

"有人拿开水浇了它的根！"

"别吓我，吴姐，你是看《废都》看入迷了吧？"小葵有回翻单位阅览室的借阅本，看到她借过贾平凹的《废都》。

吴姐嘴上向来不饶人，说笑起了个头，她就能花样翻新，扯起来没个底，小葵心里早后悔不该去揶揄她的。幸亏手机响起，小葵趁机杀断话锋。是处长打来的，开口就说："在煲电话粥啊？当心财务查我们的电话费！"处长总把她当新进单位的大学生那样来训。小葵闷声不响，听他继续说局长要最新的人员分布图，让她赶紧打印一份送过去。

小葵到走廊里才发现，今天这层楼也就她这间办公室开着门，不知道大家都出去了呢，还是在关着门办公，她真想喊一嗓子问一声。她听着自己的高跟鞋敲击地砖的声音，走廊里连空气也纹丝不动。

冯局长抱着手臂半躺在办公椅上，一看见她就说："你先坐下。"椅子是贴着办公桌放的，小葵手里捏着那图表，又要去搬那椅子，图

66

表转眼就起了皱。

"你把表先给我吧。"冯局长探过身来,从她手里抽了那张纸过去。

小葵终于坐到椅子上,方才反应过来,原来这些年她来送资料或者汇报工作,从来都是站着。

冯局长低头看了半天图表,小葵不晓得他想在那些人名上看出什么花头来,也就随着他的视线把眼光放在那里。冯局长的手肉乎乎的,连指头都圆鼓鼓的,这个,小葵倒是第一回注意到。

"你看看,一个局里这么多人,中层位子,统共就那么几个,前面有人坐着,后面有人等着,占个位子,真不容易!"冯局长终于抬起头来,"这回你笔试考得真是不错,第二名呢,离位子,近近的了。"

"这样的……第一名……"小葵话不成句了。

"郑月玮。"

她郑月玮算什么?高考落榜生,曲里拐弯进的单位,居然比她这个硕士研究生考得高?庄东明老早就看出郑月玮会考得比她好?

"也就差0.5分嘛,况且,还有面试呢。"冯局长递过来一张面巾纸。小葵这才发觉,自己落泪了。这个结果,比考第二名更令她羞愧。这么多年了,怎么总是改不掉动不动就落泪的毛病呢?自己的心,怎么就像停在十三四岁长不大呢?那时候,考个第二,就够她大哭一场。慢慢地,上重点高中读一本大学,强手如林,偶尔考个第一名,倒像是中彩,不是也已经习惯了吗?难道自己回到舟山,进这个单位,为的是她这个唯一的研究生可以稳获第一吗?问题一个接着一个,小葵无力招架。

"面试的考题,是局领导出的吧?"小葵欠身接过面巾纸,她努力平静声调,把对话继续下去。

冯局长盯住小葵:"我怕泄密,我自己出的。"

一时间,两人静默下来。楼下店面音响顿时高了起来:"店面到期,亏本甩货,走过路过,不要错过!"一个男声,很有权威感的声音。重复得很快,不断地在提醒:不要错过!不要错过!

这是她第一次这么近地直面他。他的脸阔阔方方的,是相书上说的好相,头发也理得很短,淡化了白头发,模糊了已经后移的发际线,是个好发型。他已经坐端正了,发亮的办公桌面把他和小葵隔得远远的。他移开视线,翻开手边的一个文件夹,拿起笔在上头龙飞凤舞批示。他批了一个,又翻到下一个。他的白衬衫领子雪白笔挺,脖子上的肉有点松了,还有点发黄,但还是挺精神的,毕竟,他也不是很老,当然,和年轻是不沾边了。

小葵双腿发软,人被定在椅子上,天已热了,但还没有热到得开空调的程度,身体的气味在这个小小的空间里被蒸发出来,小葵闻到了他身上烟味和汗味的混合气息,也闻到了自己身体发出来的气味,像海水一样涩涩的咸。这两种气味慢慢地混合成一种气味,让她呼吸困难。窗外"不要错过"的声音还在重复,在催促小葵在这个时刻说点什么,或者,他也在等她说点什么。那句话就在喉咙口,但说出来,真的很难。她期待他先说点什么。他终于批阅完一个文件夹了,他又伸手去拿另一个。

在这办公室待多久了？很久了。在这样敏感时期，她不该待太久的。人家或许会说什么，而她小葵并不想让人家说点什么。她站了起来，说："我走了。"他头也没抬，也就嗯了一声。走到门口小葵反身关门时，他的头还是那样垂向文件夹。

手机响了。小葵用的是一款小巧的银色索尼手机，直板的，时时要记得锁住键盘，她习惯把它塞在牛仔裤前袋里。是美容院的女孩子打来的："小杨姐姐，今天有空了吧？"小葵先说没空，接着又说好吧，我晚饭后过来，最后她说的是，不，我一下班就过来。她打了个电话给庄东明，说晚饭让他带儿子吃，"我要去做面膜，再做个身体护理，总得三个钟头吧。"

美容院重新装修了，多用了布幔和蕾丝，看上去像君王的某处后宫。每个房间都有自己的名字，她被领进一间叫"迭迭香"的，想来是"迷迭香"的手误，却也错得有些意味。小葵宽衣解带，脱得只剩一条内裤，换上了倒穿的美容衣。和过去一样，小葵在女孩的按摩中放松睡去，这回睡得更沉，直到洗掉面膜涂抹好乳液，小葵才醒过来，真是香甜无梦的一觉。

开始做身体保养了。精油开背啊疏通经络啊这样的保养，向来是小葵解乏的一个方子，加班赶材料浑身僵硬之后，她跑到这里一躺，再一寸寸活过来。在这里，肉体被郑重对待，肌肤，经络，乳房，卵巢，臀部，甚至，如果你愿意，连私处内外，都会得到关照，在某些瞬间，你会想，埃及艳后克娄巴特拉也无非如此待遇吧？当然，这需要经济支撑。论小葵的收入，这些，真不是她能负担得起的，可美容院能让她分期付款，她就当交房贷一样——真正的房贷已经还清，他们也不想加入炒房大军，手头也就有点松。庄东明是很节省的，小葵一边羞愧一边还是把钱花在这上头。或许，他们应该买套新房子做投资，应该为儿子的未来储蓄，这些都是应该做的事情。像她这样，花全年工资的三分之一，来做这些保养，是不是很过分？小葵看到一个女贪官的新闻，说是花了多少多少钱在保养臀部上，小葵当时就想，我也会这样做的。有一回这女孩子说到一个也在这个美容院包年消费的女中层，"她的年费都有人代她付的呢"。小葵当时真是又愤慨又羡慕，不由得问："谁替她付的？"女孩儿倒笑了："姐姐你问这个做啥？过两年，肯定也有人来帮你付钱了。不信？我跟你打赌试试看。"

三

一切又恢复到应考状态。书店里竞争上岗的辅导书，甚至考公务员的面试书，庄东明都买了来。《演讲与口才》这样的杂志，他也准备让小葵翻翻。小葵一向喜欢那些监考严密的考试，她不会作弊——一动作弊的念头她都会脸红。班上总有那么几个，平时考得比小葵好，遇到监考严格的老师——总还有几个特别严格的老师，他们就考不过小葵了。现如今，在题海里去找到那可能考的三道面试题，真个是大海捞针。

"我猜,郑月玮知道笔试的题目和答案。"小葵和庄东明说,"我瞎猜的。"

"孔哥说她很用功的。知道题目的话,那么用功做啥?"

"可能,是等到最后,她才拿到笔试的题目和答案。"

"要告诉就早告诉吧,何必拖到最后呢?"

出此一问后,庄东明满面茫然。小葵像明白了什么,待要说出来,却又无了头绪。两人对坐无语,庄东明续烟,小葵也欠身从他的烟盒里取了一支烟,点上了,吐烟圈。好不容易吐出个又圆又大的。屋外,雨点打在雨篷上,声音大了起来,连成片了,他们才明白过来这是在下雨了。庄东明掐灭了烟蒂,起身去关窗,待转身时,又扭过头来对小葵说:"看书,看书吧,咱们不管他们。看书总是有用的!"

冯局长又消失了,据说是把自己关起来出试题了,等面试时再来局里当考官,不和大家接触。小葵在办公室进进出出,总要看看冯局长办公室那扇紧闭的门。走廊阴暗,门上又是经了年月的明黄色,反不出一点光,看上去像个黑洞。小葵手头有两份要拿去给冯局长过目的材料,这几天,她总竖着耳朵听身后走廊里的脚步声、说话声,甚至,有一回,她走到处长办公室问:"冯局长怎么不来?材料拖过日子了要被省局扣分的。"处长劝她:"再等等,再等等。"

那天晚饭后,小葵接到冯局长的电话时,却没听出来是冯局长。他用的是个座机。小葵刚打开辅导书,正在深呼吸让自己进入专注状态。"喂喂"了好几声,等听出声音后,小葵倒是吃惊不小,惊愕间只听得他说他妈妈家养的几盆兰花烂了根,问小葵有没有空来看一下,又说了他妈妈家的地址。小葵记得自己和处长去过一次的——探望他病重的妈妈。他妈妈已经走了有两年了吧?那地方实在是有些远,都快出城了。小葵看看天色,慌乱间帮他想到一个人,说:"我马上就找吴姐,我的兰花,都是她在养。"冯局长在那头沉默了一阵,说:"那我还是去找后勤吧。"

小葵顿时明白过来,面上一阵发红,呼吸也急促起来。两个人在电话里僵持着,电话那头的呼吸声一阵紧似一阵。手机在耳边胶住一般,小葵用了全身力气,才放下手臂,关了手机,把它放到睡裤的口袋里。

小葵浑身燥热。季节已近入梅,雨水缠绵起来,今天是难得一个不下雨的晴天,这晴却是被水汽浸润的晴,晒了一天,满城的潮热都憋在那里,黄昏时分,闷热无比。小葵喝了两杯冰水,上了几趟洗手间,浴室镜子里的自己,面色潮红,眼神都有些迷离。那个自己在问小葵:"你不去吗?你真的不去吗?不要错过,不要错过!"身体已经在呼应那个小葵了,只需要换上出门衣服,提上包,就可以出去了。但怎么说呢?怎么和庄东明说呢?

她无法编造出一个理由和庄东明说,一说谎,她的脸自己就会红的——在他看不见的电话里,她或许可以。怎么说呢?明天就要面试了,她还有什么要紧事需要这时候出门吗?

小葵在大学时就在辩论队里玩。那个时候正热辩论，各个大学都有自己的辩论队，平常的训练不说，大的辩论赛，一个学期总有一两场。学校大礼堂坐得满满当当，小葵在台上过足瘾，她是二辩，抓对方的辫子又准又狠，牙尖嘴利的。工作后单位组织演讲，试讲的时候没观众，她怎么也进入不了状态，正式比赛的时候，大会议室好歹也坐满一百多号人，小葵立刻就兴奋了。郑月玮呢，平常话多，一上台却说得颠三倒四，但凡下基层要代表局里说几句话，她总要小葵把这机会让给她，她说要锻炼锻炼。但无论怎样，她脸上的肌肉总是僵硬的，说出来的话呢，也就列个一二三，貌似有条理罢了。即使再给她答案，她背得齐齐整整的，那又能怎样？

小葵又洗了一个冷水澡。水流冲击着她，冷水让人一凛一凛的，越洗越清醒。不怕，我们不怕。真的不怕。季节入夏之后，哈欠就神奇地停止了——每年都这样，面试场上，没有哈欠侵扰，还有什么可怕呢？

事实确实也如小葵所料。冯局长出的三个题目，说不上艰深冷僻，不过有一些容易疏忽的小细节。小葵照着参考书上的答题模式，再加上一点自己的理解，面对考官，微笑着一一道来。她甚至还有闲心看了看窗外：两只黄蜂正爬在窗玻璃上，樟树正在花季，米粒样的绿色花蕾落了一地，花香浓烈，一阵一阵随风而来。面试是当场打分，当场亮分，给出分数。对于这场面试，无论是考官，还是旁听的，都一致认为小葵是场上的女王，就像赛跑，她一个人跑在前头，第二方阵被她远远甩在后面。

"就像电视上看到的呢,那气场。"

"像杨澜,对了,就像杨澜!"

小葵特意化了淡妆去的,画过眼线,打了眼影,上了粉底,故意不涂唇膏。她赢得很漂亮,也解气。面试后回到办公室,她打开粉盒,犹豫着要不要去洗掉脸上的妆容,粉盒的小镜子里映着她的上扬的眼角,眼珠黑白分明,满是笑意,她举高了一点,照到嘴唇那里,拿出唇膏,小心地涂满鲜亮的橙色。就这样好了。这才是小葵。

郑月玮比小葵晚一点到的办公室,打开水,擦办公桌,小葵就看着她在那里忙。等她在小葵对面坐下来时,小葵才看到,她在哭。小葵把视线放到电脑屏幕打开的文档上,上面是她这两天必须完成的单位半年年度总结——后天就是上报的最后期限了。手机叮咚,是短信提示,庄东明来问"感觉如何",小葵先键出"大胜",又删了,换成"目前总分第一名",发了出去。庄东明回过来一串感叹号和各种表情符号,小葵看着,强忍住笑意。郑月玮站了起来,垂着头,到隔壁主任办公室去了。主任的安慰声传来,先是轻声的,再后来,多少有点不耐烦了,提高了声调:"我说,这事儿还没完哪,还有民主测评呢!你知道民主测评有多关键吧?那才是决赛!"

小葵没法集中精神去对付眼前的总结了——做过公文的人都知道,复制粘贴的套话之下,也自有逻辑,也需要专心。小葵自问人缘不差——一路做好孩子过来的人都有此幻觉,所以,对民主测评,从来也没有在意过，那是自己无法把握的事情对吧？是人生中听天由命的那一部分啊。这个竞争上岗的规则是，笔试面试成绩各占30%，剩下就是民主测评的分值，这40%里面，一半是局里的中层干部给打分，一半是局党组给打分，一言以蔽之，大小领导给你打分，是你进入中层的必经之路。

小葵停下总结，换做半年年度报表。数字总能让人安静下来。打印出来，让主任去过目。郑月玮已经不在那里了，可是，她也没回办公室。

"我看过了，你拿去让冯局长签字吧。"主任一向说话不多，说出口的，也多是提醒和规劝，就像这个世界等着他来纠正似的。

小葵犹豫了一下。

"去吧。人家还逮不到机会去呢。"主任说得很小声。

小葵回到自己的办公室，呆坐在桌前，听背后的脚步声。总有人到局长办公室去汇报请示，她跟着一起过去就是了。她等到的是王处长，局里面最老资格的处长，对小葵他们这帮普通干部一向矜持得很。小葵就跟在他身后，也不多话，一起进了冯局长的办公室。冯局长越过王处长瞟了她一眼，问："什么事？"小葵递过去一沓报表说得签字，冯局长接了报表，王处长连忙递笔，又站到冯局长身边，替他翻报表，他翻一张，冯局长签一张。小葵在一边看得瞪大眼睛：至于要这样吗？她这样让局长来签字也不是头一遭了，她从来就是一递了事。字签完了，王处长把报表整理了一下，递给小葵。小葵略一迟疑，双手接了过来，倒退了几步，才转身走出。

郑月玮临下班时才回到办公室，神情已经恢复到往日的兴高采烈。"路口新开了一家小饭店，做湖南菜的，我们去尝尝鲜？"她这样提议。小葵待要说还得回家做晚饭呢，郑月玮已经打电话给她老公，三言两语把事情说清楚了，又带上一句："你打电话给庄东明，叫他带上浩浩也过来。"

下楼梯的时候，郑月玮挽上了小葵。郑月玮就爱这样，小葵天生不大会拒绝，也就任由她挽，一挽好几年，慢慢也就习惯了。因此，大家也都知道，"我们俩处得和姐妹似的"——这是郑月玮给她们之间的关系下的定论。而今天，郑月玮的手臂不由分说挨上来的时候，小葵还是浑身紧了一下。在那个刹那，郑月玮的眼光射过来，小葵又颤了一下。郑月玮没有松手，她们还是紧挨着下楼梯，直到遇到一个手提着一包被单的女人。一见面，郑月玮就夺过那包东西，小葵吓了一跳，那女人却笑了起来："我给他来换一下床单，都铺一个月了。"

"这事情还劳动你啊？你说一声不就得了，你怕保洁员手脏，我的手，你总还信得着吧？"

小葵不由得回头看走廊，正是保洁员打扫收拾的时候啊。

"小葵，你先去，和你孔哥一起点一下菜。我这里先帮一下小林姐。"

小葵这才定睛看那女人，原来是冯局长的夫人，整个人圆乎乎的，发髻做得高高的，走的是古典派的路线，手腕上一只水头绝好的玉镯，那也是少不了的注脚：珠圆玉润。小葵朝她笑笑，又恐轻慢了她，也就随着叫了一声"小林姐"。

"你就是小葵啊？常听月玮说起你，我们家老冯也常夸你呢，上海财大的高才生啊！"

小葵心里不由得咯噔了好几下。

这餐饭，因为郑月玮的迟到而拖得漫长，小葵看看时间已到七点，就要带着浩浩离开——明天还要上学呢。庄东明送小葵到门口，悄悄问："我留下，一会儿我们买单吧？算庆祝一下。"

小葵白了他一眼，说："早点回家，我还有事情和你商量。"

"商量啥啊？"郑月玮出现在他们身后。

"浩浩学习的事情。"小葵说。她闻到了郑月玮身上香水味之外的地板清洁液、消毒液味道，大概，是换了被单后，又抢了保洁员的活，打扫房间了吧？连衬衣后背都湿了，脸也汗津津的。前阵子郑月玮在办公室打电话给一个做安利的人，让她送这些清洁用品来办公室，小葵当时就问她："干吗不送到家里去啊？"郑月玮是怎么解释的？小葵忘了。

四

房间真是乱得可以。沙发上横七竖八是收进来的衣服，没有熨烫过，皱巴巴地挤在一起。原来，这三个月，自己对屋内的一切都视而不见啊。小葵是不愿意把衣服放沙发上的,沙发是屁股坐的地方,怎么可以把好不容易洗晒干净的衣服放上面。小葵把这堆衣服抱进了储藏室,她会神不知鬼不觉地再洗一遍的。孩子的书和本子啊笔啊散落得到处都是,随便拉开哪个抽屉都看得见——这是她三个月来独占书房的结果,他们的书房本来就是设计成给孩子用的,小葵自己的书桌其实就是她的梳妆台。小葵兴起,索性就想大扫除一番,扔掉一些旧物。有个抽屉里是大大小小五个BP机,他们俩从数字机换到中文机,换下来的时候,郑重地藏起旧的备用,满大街找公用电话回复的时代,怕是永远过去了吧?扔了吧。要丢的东西装满了两个马甲袋,小葵怕自己过会儿会不舍得,索性赶紧就下楼塞进了垃圾桶。

要认真起来,家务事真是没完没了,小葵给自己列了个单子,分了个轻重缓急,要把这三个月疏忽的事情都补起来。第一件事,就是看一下浩浩的功课,浩浩总是懒得背,逃避默写,这隐形的作业,检查起来可是有技巧的。小葵坐到浩浩身后,半揽着他的腰,浩浩抬手捏了捏她的脸,说:"妈妈大玩具!"又指指她眼角说:"有鱼尾纹的大玩具!"小葵摸了摸眼角,说:"哎呀,妈妈老了。"

"才不呢!我刚知道什么叫鱼尾纹,真好玩,像是鱼尾巴呢!"浩浩的手指在她眼角画来画去。

小葵知道自己的鱼尾纹不浅,也许,是爱笑的关系吧。等孩子睡下后,她对着浴室镜子又发了半天呆。她朝自己笑笑,鱼尾纹就网一般撒开。不年轻了啊,或许,等五十多岁了去做个拉皮什么的。这是二十年后的事情了,她规划得也够远的,除了这鱼尾纹,还有什么好挑剔的呢?无论是皮肤还是身材,小葵都对得起她这个名字。

近十点,庄东明才摇摇晃晃出现在她身后。小葵第一反应就是赶紧去看门有没有关过,钥匙是不是还留在锁眼里。果然,醉后的庄东明总能清醒到把钥匙插进家里的锁眼那一刻,而且,他能清醒到在淋浴房里清洗好自己,用毛巾擦干头发,接着,就像移动一座山一样把自己移到床上,躺下的时候,他总是说:"天哪,天旋地转。"

可这回庄东明好像真喝多了,他瘫坐在淋浴房里起不来了。小葵拉不动他:"你会不会是中风啊?"

"哪会?是醉了,醉了啦。"庄东明指指脑袋,"这里很清醒。"

小葵只好擦干净淋浴房,又给他盖了一张薄毯子,幸好淋浴房不小,他蜷得下,不一会儿就打鼾了。

他不醒,小葵也不敢自己去睡,索性一点一点做家务,隔一会儿就去看看他。过了约莫一个钟头,鼾声没有了,呼吸粗重,不会是酒后中风吧?她开始瞎担心,在她想到可以上网查一下的时候,已经近午夜了,她进书房,打开电脑和"猫"。说是猫,那拨号联网的声音吱吱吱的,说是老鼠该更合适。她在谷歌搜索引擎键入"中风症状"时,庄东明身上裹着毛巾毯在书房门口问她:"半夜还上网啊?是不是BBS论坛上那些人都想你了?"小葵把显示屏扭到他那个方向,他凑近来看了一眼,摇着头说:"中什么风啊!我真是被郑月玮气死了。她一个劲炫耀她和你们那局长一家走得近,你知道吗?星期天她从家里烧好菜送过去,去帮他们家拖地板、洗衣服,天哪,这不就他家保姆吗?暗地里做做也算了,还要拿出来说,这不是变态是什么?"

庄东明难得的话多。他一打手势,身上的毛巾毯松开了。他继续说:"孔哥就看出我生气了,他把郑月玮撵走,我们哥儿俩喝。孔哥说郑月玮这回真是最后的疯狂了,她都四十多了,这次可能就是最后的机会了,她在家里说啊,谁来争,她都不让!你说,这事情,怎么是她让不让的问题?这人,疯了!

"当初孔哥怎么会娶她的?都说一床被子盖不住两样人,孔哥真是蛮实诚的啊。

"这个,也是刚听孔哥说的,是孔哥的领导给介绍的,当时,郑月玮在他们领导家走动得勤快,就跟他们家女儿似的。说是介绍,其实就跟做主差不多。孔哥不敢不从。"

"你看,说到底,他们夫妻,是一样的人。"

对小葵的这个结论,庄东明想反驳,细一想,道理也是有的。况且,他们夫妻俩是怎样的人,在这个时候,也不是怎么打紧,顶顶要紧的是,我们怎么办呢,就这样输给了一个保姆?庄东明又裹紧了自己,他刚睡了一觉,这会儿特别清醒,他开始愤慨起来。惊吓过后,小葵倒开始困起来,打着哈欠,脑子也木木的。她眼神发直,怎么关电脑的,后来怎么睡的,第二天醒来时,怎么也记不起来了。庄东明说他醒了一夜,被小葵的手闹的,她那手指,一直在那里划拉床单,小猫一样,一拱一拱的,整夜都没歇过。

"听你妈说起过,小时候你就这样在床单上默生字,生怕第二天默不出,连梦里也在默啊默。恐怕是你又梦到小时候了。"庄东明连解释也给出了。

是的,是做梦了。可是,小葵没法告诉他真实的梦境。

在空等了三个黄昏之后,小葵终于把梦境变成了现实。

近六点的光景,是做好晚饭等着家人入座的时候,是整幢办公楼终于人去楼空的时候。小葵跟庄东明说,这几天,她都得加班赶总结材料——已经不能再拖了。所以,连着几天,到这个时候,小葵还是坐在电脑前写她的材料,办公室门大开着,新换上的液晶显示屏反倒让小葵找不到感觉,以前她为这僵硬的文字郁闷时,会猛击厚重的显示屏一拳头,对单薄纤弱的新显示屏,她只能虚晃拳头。

她穿着露肩的真丝连衣裙,黄昏的海风掠过老街上的香樟树和梧桐树,从背后吹来,微有凉意。说起来,这时节穿这样的衣服,还是早了点。她裸露的双肩,在黄昏的微光里,白瓷一般。新做的发卷,有几绺搭在肩上,黑亮的小蛇一般。小葵就这样抱着臂膀,歪着头赏玩自己肩头的时候,冯局长出现在走廊里。他的视线和歪着头的她对上了,在倾斜的视线里,小葵发出了一个她模仿已久的微笑,微微挑起眉,扑闪两下眼睛,嘴巴噘起。冯局长满满地接住了这个笑,接着,又抬起下巴朝前方努努嘴巴,示意她出来跟他走。

小葵起来了,她穿着阔口的平底软鞋,走起路来悄无声息。她带上自己的办公室门,也没有发出一点声音。没有灯光的走廊尽头,局长办公室的门开着,里面一样没有灯光。她走了进去,又轻轻掩上门,冯局长就在门后面,他伸手过来,上了保险,咔嗒,清脆的一声。他们没有说话,就像两个尽职的演员,朝着舞台走去。小葵的肩头落到床单上的时候,棉布的纹理,洗衣液的残香,太阳的余韵,一齐向她奔袭而来,她细细地分辨着,宽衣解带的程序,倒像是另外一个小葵在执行,就是那个浮在半空中的小葵。她伸出手来,褪下她的连衣裙,冰冷的指头掠过她的皮肤,没有丝毫犹豫。

尴尬是在完事之后才到来的,他们僵硬地躺在那里,眼睛盯着天花板。他伸过臂膀来,她把头靠了上去,但这也没用,僵硬的感觉就像窗外越来越浓的暮色一样笼罩着他们。

她用脚钩来缩在床尾的连衣裙,都皱成一团了,她在心里怪自己没有经验,皱成一团了,可怎么穿出去?接着,她发现内裤不见了,他也吓了一跳,最后是在他的枕头底下找到的。也难怪,说是内裤,其实不过细细窄窄的一片。他们都笑出声来,最初的一两声还挺高的,结果,把自己吓住了,赶紧掩住了嘴。他掩嘴的手势,像极了她的儿子。

"你小时候挺调皮的吧?"小葵轻声说。

"小时候"这三个字有一种魔力,消解了这僵硬的浓度,似乎,他们开始自如起来,甚至,他都想到了在哪个角落里还有个挂烫机——都不晓得是谁送的了。只穿着一条三角短裤,他就起来翻找。小葵也就三点式的装束,等着他找到那挂烫机,两个人看着图纸装起来,三两下也就好了，蒸汽冒出来的时候，他们隔着白雾看彼此的脸。真丝连衣裙在蒸汽里又恢复了平整，比刚才脱下时还要平整。在等潮气散去的那几分钟，他们又回到了床上，他把她翻转的乳罩带子理顺了，圆乎乎的手指头在她的锁骨那里轻轻画来画去。他说："你的乳头真漂亮。"她捏了捏他的手臂，说："真结实。"两个人都哧地笑了。

暮色已然翻成夜色，起风了，后院里的大樟树众叶喧哗。

"要下雨了。"小葵起来穿上裙子，这裙子拉链在后背那里，于是，他也起来，替她拂开头发，拉上拉链。他低下头蹭着她的头发，含糊着说："那事情，你放心，我会安排的。"小葵的眼睛竟起了薄薄的雾，莫名想到了小时候，临放学前，老师发下来作业，她看到了满页的红钩。

被考试简化的生活慢慢又有了千头万绪的模样。先是要还换季的债。棉花被、羽绒被、羊毛被都是没有好好晒透晾透的，一开橱就是一股人味儿，只好等出梅后大动干戈地再晾晒一遍。羽绒服、呢子大衣这样的厚重冬衣，自然是送干洗，一件件塞进袋去，手头的厚重感总让她恍惚，她真的在冬天穿过它们吗？几个月前的冬天恍如前世。舟山的春天漫长，春衣也就多，羊绒衫和羊毛衫厚厚薄薄垒成小山；围巾也是，袜子也是。

这些天，小葵都是一下班就往家里跑，一进家门就忙乎这些事情，客厅里庄东明还是在看NBA篮球赛，他说："快打决赛了呢！"那是他的大事情。有时，他把频道切换到超女比赛，喊小葵同看。屏幕上唱唱跳跳,庄东明在旁指指点点,小葵也就意思意思陪他稍稍坐会儿,推说换季太忙,又坐到衣物堆里。说是在整理,房间却反倒越来越乱,东一堆西一堆的,毛茸茸的,小兽一般踞在那里。

NBA本就是庄东明的最爱,现在又到了赛季,他索性就把自己整个泡在那里了。小葵把整箱青岛罐装啤酒放进冰箱。庄东明无论是看篮球足球还是乒乓球,看到兴起,都是要到冰箱里取出一罐啤酒来,啪的一声脆响,人间万千烦恼都不在话下。

好在小儿无邪,幼儿园中班的时光,是人生中最放松的吧?可惜,这段时光,孩子又能记住多少呢?只有当浩浩的身体依偎到她身上时,小葵才会整个人放松下来。浩浩爱摸她的脸,再捏捏她的面颊,然后把手指头重重地按在眼角,说:"鱼尾哦。"

他真的拿着梅鱼的尾巴放到她眼角比过。她挂职的县局叫人送来的,都是刚到码头的新鲜鱼。自从她挂职之后,她家冰箱里的鱼总是满满的,小葵也懒得去弄清楚这账到底怎么算,她揣摩着,这当然不是对她一个人特别好,怕是局领导家里的冰箱都是这样的吧?他们不是送给她,是送给她的"位子"的。

说是挂职"局长助理",其实也真就是干挂着,大家都知道这样挂上一两年不过是挣得个基层工作经验,履历上好添上一笔。近年提拔干部,基本条件里面又多了这一条,无形之中,谁去基层挂职,就是提拔的前奏。小葵倒是存心想做点实事的,一到县局就张罗了一些事,比如带着几个业务科长下企业去调研,收集到一些资料,写了篇翔实的调研文章报到省局，还得了个奖。最近她又接了个调研课题，借着这个名头，报出半年年度报表后，她就说要回县局去。倒也不是怕和郑月玮面对面相处。吃过湘菜之后，转天来上班，郑月玮就已经变了，好像那个异常高调的郑月玮从来没有存在过一样。平常像打开水这样的事情，向来是小葵做的，现在郑月玮总抢先一步，甚至，连小葵的办公桌，她也擦去了。小葵处世，向来随水淌，郑月玮这般和顺，她也就如此这般，两个人遂相安无事。

其实，又怎能相安无事呢？

乌云压城的黄昏越来越多，小葵觉得这几乎就是自己的心相。到县城去，心境或许能明朗些。但庄东明不赞成：正在节骨眼上，你要和局里的中层们多沟通才好，有空多去人家办公室坐坐吧！庄东明是看得清楚，自己行事时却偏偏不肯放下身段，在他看来，女人家的身段，总还是比较柔软一些的好。小葵和局内各中层，不过是君子之交，公事上沟通协调都没问题，现在要为自己去说项，总觉得难以开口。她先挑了一个平素与自己还相投的办公室主任，两个人的办公室就几步之遥，都在同一层的。人和人相处总是那样，你看他还顺眼，想来他看你总也坏不到哪里去。

两个人说了说天气，享用了一壶开化龙顶，说了一会儿调研文章，小葵才迟疑地说到民主测评。主任姓胡，绰号叫"岗墩开花"，是本地牌技中的一种绝技，小葵一点也不会打牌，无从体会这绰号的妙处所在，可她没想到，胡主任竟是这样建议她："要么，你来跟我们学打牌吧？你不喜欢，只装装样子学过这一阵就行！这比你坐到人家办公室里隆重搞外交效果好。"小葵不由得又追问一句："郑月玮也在学吗？"胡主任笑眯了眼睛："她呀，牌技了得，不过，她不是我们这个打牌圈的，她另有一个圈子在。"

小葵老老实实回答："我不懂。也不喜欢，是真的不喜欢。"

胡主任收了笑，问道："读书时，你最不爱哪门功课啊？"

"数学。"

"那你还不是一样得学，还一定得学好吗？道理都是一样的。从心底里，我也不喜欢打牌。因为不喜欢，头脑反倒清醒，反倒容易赢，也知道什么时候该输。也是因为不喜欢，输赢便无所谓，光过脑子，不过心。"

小葵低下头去，勉力吞咽着含在嘴里的茶。开化龙顶本就淡，这会儿更觉淡而无味。胡主任压低了声音，又说道："不过，你有你的优势。你看，在一个个圈子里，你没有朋友，也没有敌人，再加上头儿意图引导，再过几日，你的力量就有了。这个过程，真还蛮微妙的。"

胡主任显然很享受这个微妙的状态，他最后又把微妙推了一把："说来也奇怪，昨日我和冯局长一起打牌，是他邀的局，请的是我们局里三个大圈子的小头头，他很是夸赞你，说我们局里有你这样的人才，是我们的骄傲，又会说又会写，形象又好，性格又好，接近完美啊！"

小葵咽得太急，呛住了，咳得眼泪都流了出来，从胡主任办公桌的纸巾盒里抽了两张，仔细吸去泪水，免得睫毛膏晕染开来。和胡主任约好晚上打牌的时间，到自己办公室时，郑月玮正在浇那盆兰花，见她来了，就收起水壶，拿起毛巾擦干了花几。

"吴姐说不要浇水，怕烂根。她这两天会来换走。"小葵走近兰花，拿手指压了压土，土是凉的。郑月玮也不说话，匆匆拿着水壶和抹布往盥洗室去了。她好像没用香水。小葵吸了吸鼻子，深感惊讶。建兰已经有了裹得紧紧的花苞，隐隐约约，有那么一两丝清香了。小葵打电话给吴姐说了这花事。吴姐在那头说："难得你还有这闲眼看兰花。对了，我们几个花友又迷上了烘焙，烘烘烤烤的，很有滋味呢。晚上我们学做慕斯蛋糕，你过不过来？你们家那小子生日像是快到了吧？生日蛋糕不要到店里去买，我来做！你要不要也来学学？"

儿子确实喜欢吃慕斯蛋糕，可今晚的安排，那已经是铁板钉钉了。为了晚上的社交，中午的时候，小葵还特意去做头发。她的发型师也是固定的，话不多，一双眼睛看起人来有点羞答答，脸上的线条却有棱有角，整个人就显得热中带冷，打个吃食的比方，就像油炸冰激凌。客人不少，她还得等位。

她点了相熟的洗头小弟的号码，她不知道他的名字，光知道他是11号，这会儿他手上正洗着一个，下个就轮到她了。等就等吧，小葵总随身带着书，翻开来读上一段也是清净乐事。还没等打开书呢，旁边一位穿着细高跟的认出她来。是小葵在银行工作的同学。小葵暗呼不妙，恐怕又要拉存款了。因为是中午的关系，她还穿着银行的工作服，包裹得紧紧的西装套裙，里面白衣胜雪。小葵对银行的印象，先是从巴金的《寒夜》来的，不知怎么，总带着点不屑。其实，银行人员的薪水比公务员高出一倍不止，是街上高档服装店的大买主。

这回，同学没拉存款，倒是比较起她们之间的工资来，在那边唏嘘："风水轮流转，现在你们的收入越来越高，我们是走下坡路了，不过，心要平，对吧？先前我们也阔过。"她说的倒也是实话，这两年小葵手头开始有点松了，跟她在北方上班的同学比，她的工资能以一抵三了；这还是远的，就拿本城来说，那些清水衙门的工资奖金也就她的一半不到。职业的自豪感，如果是从钱上比来比去得到的话，这趣味，低级的。小葵向来不主动和人比收入，被动的比，她也拦不住，两个人就有一搭没一搭地说着。

这理发店可算本城最好的理发店之一，单是洗个头，也能洗上近一小时，头皮按摩穴位按摩，揉双肩直至敲背，弄得洗头发这本业反在其次了。小葵看看手表，午休时间短暂，到底有些心急了。偏偏同学谈兴甚好，侧身附耳说道："我们银行，做到部门经理级，比我们普通员工的工资高出一倍了。你们是有中层干部系数奖对吧？也是比你们普通干部高出一倍不止吧？"小葵耐着性子点点头，正好11号小弟过来请她，她一边忙不迭起身跟着去了，一边说："简单水洗，赶快。"

等坐到理发椅上，小葵烦躁的心才安定下来。手艺活练到一定程度，都有一种优雅，她的理发师轻捻发丝，轻动剪刀，简直行云流水。平日话不多的理发师今日却也有话："姐姐这么长时间没来！"语气竟是哀怨的。小葵吃了一惊，慌忙解释："我在考试，足足三个月，闭门读书啊。"继而又宽慰自己,人家不过是生意经罢了,休得花痴,心头到底紧了一紧。小葵索性闭目养神,听任他的手指有意无意间触摸她的脸颊和脖颈,带着深情款款的力道。小葵笑自己,原来理发师得把他的顾客当成恋爱对象才会剪出好发型吧,这理发师,本就很受女客欢迎的,看来女心相通,总想得到足够的欣赏——即使在理发师那里。

在出理发店门时,她的手机响了。是冯局长,还是说他妈妈家的兰花,说打牌的地方离妈妈家不远,要么晚上你先来看看兰花,再去打牌吧。来吧,六点好吗?小葵听着自己从那颗被撩拨过的心里升上来的声音,应答时很是甜蜜,对方在那头似乎也感应到了,很满足地呼出一口气,直冲她耳朵深处。

晚饭时小葵跟庄东明说了胡主任的见解,再说了今晚的牌局,庄东明自然满心支持,甚至难得地夸了她的发型——看上去十分清纯。临出门前,她简单冲了个淋浴,换了身连体内衣,选了条耐皱的雪纺连衣裙,蓝底白圆点,下摆宽大,配着她平顺的披肩长发,立到穿衣镜前。镜中的小葵确实有些清纯的影子,小葵又凑近了看镜中自己的瞳仁,看了好一会儿,把自己都看成陌生人了。

初夏的黄昏六点,天色将暗未暗,小葵嚼着口香糖,骑了辆自行车,凭着记忆,向东行进。早两年还是城乡接合部的地方,往日的水稻田上长出了楼盘,景象大变。小葵认路总是依赖路口的标志物,比如弄堂口一只垃圾桶啊,一家理发店啊,没了标志物,小葵就会迷路。过了一个小区，又过了一个小区，小葵看到了路口的一棵有年头的大樟树，树干上有块大的疤，小葵记得，就是这里了。在一座白墙黑瓦的小楼房面前，小葵停了下来。大门是虚掩的，小葵推开后，待要说声"我来了"，刚要张口，冯局长就开了房门，帮着她把自行车搬进院子靠墙放好。

小花圃里只种了月季，三棵颜色不同的月季。进屋了，小葵才看到兰花。原来真的有几盆兰花，都垂头丧气，叶子也又软又黄，看来真是烂了根了。冯局长搂着她的腰，从后背摸上来，他说："你看，都汗津津了。"

这房子想来是好好装修过了，一切都是新的，整齐的。小葵记得上回来探病时满屋的中药味道，这会儿只有淡淡的皮革味道和淡淡的烟味，跟冯局长办公室的气味一模一样，平常的家居气息——厨房的油酱味，浴室脂粉味，这里一概没有。客厅的边柜和酒柜里陈列着好多瓶瓶罐罐，锡、瓷、水晶、玉，也有镀金和银的，高低胖瘦，不一而足——像博物馆一角。小葵瞅着其中一只锡罐十分眼熟，就是想不起来在哪里见过。

小葵被引到卧室，卧具整齐，铺得有棱有角，冯局长看了看这床，又把她拉出来，到了书房，那里有张美人靠，一张毯子皱巴巴地缩在那里。冯局长上前把它拉平了，开始松自己的皮带。小葵今天也是有备而来，她稍稍展示了一下，冯局长就已心领神会。在美人靠上，他们把整个过程顺顺溜溜走完了，善后的过程也很轻松。如此干净利落，冯局长似乎蛮满意，转到客厅沙发上坐下，给小葵沏了一杯茶，吸了几口烟后，又挨到小葵身边，摸索了一阵后就湿湿地吻上来。

她只好小心地听着自己的呼吸，检验它们够不够迷醉的程度，仔细地把握着舌头的进退。她闻到了自己身上的味道，避孕套甜腻的橡胶味经由刚才的摸索，遍布了全身，她想冲个澡，但在这里，是不可能的——他连床都不敢用啊。终于，冯局长松开了她，拍拍她的脸——这下，脸上也有橡胶味了。他说："该去学打牌了哦。"

出了大门，骑起自行车来，风撩裙摆，橡胶味飞散，索性，她跳下来，推着车走。这样满身气味去打牌啊？她紧锁眉头，琢磨着该去哪里冲一下自己的身子。她的理发师出现在她面前时，她的眉头还紧锁在那里。理发师和她打招呼说："这么巧啊，我就住这里，有空上我那儿坐坐吧？"他指着她身后的那幢老楼，说自己在那里一个人租了一个小套。小葵问："能冲个热水澡吗？"

"能啊。当然能。"

她就这样上了楼。算起来，她在他那里理发，也有五六年了，每个月到他那里享受一次他的服务，不是熟人也是熟人了。

果真是个小套，每个房间都小小的，浴室里没有放衣服的地方，小葵待要脱裙子，却不晓得该将裙子往哪里放。理发师说："当心发型。来，我来吧。"他上来替她拉开腰间的拉链，小葵听凭他的手指小心稳妥地褪下她的裙，挂到衣架上。内衣一拉就开，倒是小小地让他吃惊了一下，小葵很感激他什么也不问，什么也不说，手指头一心一意地只想让她舒坦。没有浴帽，他又想保护他下午刚做的发型，这澡就洗得很小心，他示意她站着不要动，双手托起发尾，洗澡的过程，他的手指头妥帖地帮她走完。他拿浴巾擦干了她，小葵看着自己的身体在他手下晶莹发光，也看到了他身体的反应，但这反应是谦恭的，就是在那里，不声不响，等着她垂怜。小葵略一犹豫，只看了一眼手表，他就赶紧给她取来内衣和裙子，又随手理好了她的发型，问她可要再补点妆。

小葵一身清香赶到胡主任那里，牌局早已开始，胡主任赶紧让出他的位子，坐到她的身后，教她怎样出牌。这个本地牌戏名为"清墩"，用的是两副甚或三副扑克牌，小葵手小，一手还抓不过来，老是要掉下一两张来，索性就把牌摊在桌面上，反正只为学习，又不是为了输赢，输的就算是学费。赌场规律，似乎是新手总能得到甜头，所谓"生手拿大牌"，就是这样摊着明打，仗着牌好，竟也赢了。众人称奇，连一向对打牌绝缘的小葵也生出兴味，竟然恋战，到十一点还不肯歇手。还是胡主任清醒，果断喊停，又叫了单位司机开车送小葵回家，自行车就搁在后备厢那里，反正半夜绝无交警来管这个。

司机却是冯局长的司机小陶，小葵说："哎呀，怎么劳动你？"小陶笑了，说："杨姐你以后自己打电话给我好了，不用烦劳胡主任。"司机向来话少，小葵也不是会抛话题的人，就说了好几次过意不去之类的话，都怪自己恋战。小陶说："杨姐快不要客气，我比那小刘不知轻省多少了。"那小刘是跟柳副局长的，柳副局长自己打牌要小刘接送不说，还有他的女儿，他的老婆，乃至家里七大姑八大姨的，都有小刘电话。他女儿在读高中，夜自修要小刘接送，还要问小刘借钱，说是借，十次里也就还一两次。这情形，小葵也略略听说过，因此也对柳副局长没好印象。偏偏这柳副局长是分管他们处室的，这次提拔，他也是关键。许是夜深，狭小空间里的两个人，没来由就有点亲密，小葵脱口而出，说了自己对柳副局长的印象，还有对这次民主测评的担心。出口之后，又开始后悔。小陶爽朗接口，一路分析形势，倒让小葵深深惭愧。

末了，小陶说："这几天我在车里听冯局长跟几个处长说起过你，夸你是个人才。这就是在放出风声，引导舆论走向了。你注意一下，这几天大家对你是不是比往日有些不同？"小葵说："我真没在意。"这话流到小葵这里就断了，两人沉默了一会儿，小城小，这一会儿，小葵就到家门了。停车的时候，小陶说："有句话，我不知当说不当说。"小葵自然是坐正了听他说下去。"冯局长是个好人，好人有时候就是做事过于谨慎，关键时刻，未必就会冲出来替你扛着。所以，在党组会议上，你还需要一个为你打头阵的局长，他先说话，极力推荐，冯局长那里才好拍板。"顿了顿，小陶又说，"郑月玮很懂这一套的。"小葵一时不知如何接话，也就淡淡嗯了一声。

五

庄东明果然没睡,在客厅里对着电视机看NBA,茶几上一列啤酒罐。小葵在玄关那里愣了会儿,才反身关上门,上了内保险,换上拖鞋。整个人瞬间松下来,跟醉酒回家时一般,一阵眩晕,人就要朝那块花团锦簇的大理石倒去,亏得庄东明眼明手快,蹿过来一把扶住了她。

"没喝酒吧?"庄东明闻了闻她,"没酒味啊。"

小葵整个人僵了一下,她闻到了那股甜腻的橡胶味道,那么浓烈,庄东明也闻到了吧?

"满是烟味!这帮打牌的都是烟鬼吧,都抽的是三五吧,这味道浓的,够你受的。你这是被烟熏昏的,快去洗洗。"庄东明总能帮她找到答案,也总想帮她出主意。

热水冲垮了她的发型,她花了那么大半天才做好的发型。热水在发丝间游走,一绺一绺,细蛇一般爬动。她闭上眼,在一片漆黑里,她看到了理发师恭顺的勃起,怯生生的,就在那里。在黢黑的深处,她看到了她自己,她比理发师更恭顺,不是吗?有热液混入热水中,无论是眼泪,还是别的,它们汩汩地从她的身体里夺路而出。

小葵的这头长发,是在庄东明的一再鼓动下才养起来的,如今已经过肩,浓密乌黑。替浴后的小葵吹头发,在庄东明,是乐事一桩。

这头乌发，是他庄东明向小葵讨来的呀，他一直想要一个长发姑娘，即便娶了个短发的，他也能把她变成长发的——事在人为。

向庄东明复述这个夜晚，这是逃不过的。小葵几乎照搬了小陶的形势分析，再加上胡主任的那些点拨，庄东明边听边点头，最后的总结是："看来以后你还是得多出去和那些中层走动走动，他们说的这些话都很有道理的。那么，现在的问题是，哪个局长能为我们打头阵呢？"

除了冯局长，局里还有六个局长。小葵都不是他们的人。

平日里，小葵听人说起"某某是哪个局长的人"这样的话，暗暗觉得可笑。都什么时代了，还搞这种人身依附？太好笑了。

"我的报表，都是要冯局长签字，和他，我到底熟一些。"小葵咬了咬下唇，说，"听胡主任说，他觉得冯局长是打算选我的。"

"哪里比得上郑月玮跟他们家熟啊？胡主任会说话，哄哄你正好。"庄东明关了床头灯，遮光帘不放一丝夜光进来，这房间里，是浓度极高的黑。小葵真想告诉他，不是的，我和冯局长，比之郑月玮，要亲近很多的！那样，庄东明的忧虑是不是会少些？

小葵伸过左手去，握住了庄东明的手。小葵的右手在床单上划拉着，在浓黑里，她似乎握住了冯局长圆乎乎的手指。

必须和他好好谈谈。

这一回，是小葵主动约的他，连地方也是小葵选的，朱家尖的一个度假酒店。这地方多的是度假酒店，又离开市区有一个小时的距离，桥也是通的，若有什么急事，也赶得回去；若是碰上熟人，也可以说是陪外地客人。小葵自己一下班就打了一辆车来。冯局长呢，还是小陶送他来的，想来是习惯出门有车接送了，自己打个的来也觉得不便，或者反倒会让人生疑。

小葵已经叫好饭菜到房间，放在小圆桌上，摆上两双碗筷，多少有点居家气息。小葵给冯局长递汤的时候，差点就说出口："庄东明，这汤你爱吃。"确实，醋熘鲨鱼羹是庄东明的最爱。可她到底还是把这话咽了下去，说了该说的："我今晚上不用回去，说好来陪外地客人的。"

"我让小陶十点来接我。"冯局长在她手上就着碗边吸溜了一口，"这鲨鱼羹做得入味。"

小葵松了一口气。和冯局长做爱是一回事情，和他睡觉又是另外一回事情。小葵倒还真有点怕他留下来睡觉。

可这话头要如何挑起？或者自己该落几滴眼泪示一下弱？小葵举着汤碗，打了一天腹稿的长篇大论，竟不知从何说起。两人草草吃了饭，把碗碟往小圆桌上一堆，就靠着床背看了一会儿电视，看的是超女，冯局长说他几乎每场比赛都没落下，他支持的是纪敏佳，"那女孩子有实力！像你！"

荧屏上唱歌的那女孩子有一张宽宽的脸，而小葵的脸，却是标准的杏脸。

"哪里像我啦？"小葵故意吃起醋来。已经八点半了。

冯局长把眼睛从荧屏转到小葵身上，自己也笑了起来，啪的一声关掉了电视机："她哪能跟你比呢？你看我，为了这个纪敏佳，差点就把今天的正事给忘了！"

小葵听着，心头不禁一凉，今天不过是第三回，他怎么就像是来办公事了？神态不禁讪讪起来，僵手僵脚的，连自己也觉得不得劲。

"有心事？"末了，冯局长伏在她身上问。

小葵顺势落下泪，别过头去，说："心事大着呢。"于是，把小陶出的主意说了一遍，诉苦道："你说，我跟别的局长，都没有交情的，谁会替我打头阵？"

冯局长用下巴蹭着她的锁骨，又把头埋在她耳后，半天不说话。

小葵渐渐觉得胸闷，冯局长分量不轻。庄东明知道她胸口会闷，总是用胳膊肘支着自己。小葵忍耐到冯局长呼噜响起，才一点点把自己挪了出来，轻轻坐起，呼吸一点点顺畅起来。她灭了床头灯，坐在一团黑里。手表的荧光指针在黑里走得诡异，每一下都像最后一下，随时要被绊倒的样子。

小葵从床头柜上摸到冯局长的烟盒和打火机，为自己点上一根烟。抽烟的自己，和日常的自己，是毫无关系的。烟头明灭，周围的空气也有了纹路，烟灰慢慢长出来，伸手够到烟灰缸去弹了，她往一团灰黑中吐烟圈。冯局长搁在床头柜上的手机振动起来，他的手机也是直屏的，小葵低头一看，是郑月玮的号码。小葵呆了一下，随手就拒接了。电话再来，小葵再拒绝，如此竟然有七个回合。

冯局长到底被吵醒了，拿过手机看了看，低笑着说："这女人，疯狂起来，真是吓人的。都是林萍惯坏了她，认了她做干姐妹。"

小葵不响了，在烟灰缸里揿灭了烟头，开灯起来烧了一壶开水，用自己带来的普陀山佛茶泡了两杯茶。冯局长也起来穿衣，小葵拾起他乱扔在地上的袜子递上。待他收拾整齐，小葵也把床收拾得一本正经了，茶也冷热正好。两个人各端了一杯茶，坐在两把圈椅上。空调咝咝地正对着小葵的后颈吹，有点凉飕飕，可小葵也懒得转身调风向。

"这事吧，留给我来操作好了。笔试、面试，连打牌，你都尽力了，往下，就是我的事情了。"

冯局长小口小口地喝，喝一句，说一句，好歹把意思都说全了。小葵放下茶杯，又问："那到底哪个局长会为我打头阵呢？"

冯局长搁下茶杯，搓着手笑说："我会随机应变的。这个，你得信我啊。最起码的信任，你都不肯给的话，往下我们怎么长久相处啊？"

"我们不能在这里讨论讨论吗？"小葵也笑了，"兴许，我也能帮你出点主意的。"

"这事儿，你不是全无主意吗？"

"商量着，就会有了啊。"

冯局长看了看表，说："都九点四十了。这一小会儿，也商量不出多少思路来，再说，我这得走，走到海天台那里，小陶是到那里接我的。"

海天台是朱家尖最美的酒店，离海不到五十米，朝东的房间配有大玻璃墙，躺在床上就能看日出。酒店临海的一段海岸，有沙滩，有礁石，也围起来酒店专用。小葵对这个酒店，真是很中意的，但这个时节，局里但凡有重要些的客人，都会放在那里接待，所以，小葵就不敢在那里开房间——自然，也是太贵了。现在他们住的酒店比海天台低了一个档次，可一样也能躺在床上看日出，不过视野差点意思，看不到海平线上日头喷薄而出的壮观刹那。各种设施也都比不得海天台，尤其在私密性上，这一排三间客房的露台，中间的隔断就是几株棕榈盆景，要是有心，很可以躲隔壁墙外听个壁脚。小葵订房时特意订了最里边的，入住时还打探过相邻那两间客房，没有灯光，显然没客人入住。从这个酒店走到海天台，急走也得十多分钟。他总不能让小陶看到他从这里急赶着过去吧？

小葵立马无话，倒起身急催着让他快走。

人走之后，房间顿时空寂，鼻孔间气流的出入，身体内心肺的运作，每一个瞬间都会被定格下来似的。小葵立在穿衣镜前，看着自己；镜中的那个人也目光空洞地看着她。

镜里镜外，两个小葵默默对峙，到底还是镜外的小葵败下阵来。她接通了前台，让他们叫辆出租车来，越快越好。

这房间，她真的是一分钟也待不下去了。她打开窗，这时节，海边的夜风还是凉的，好像夏天永远不会来了一样。海就在不远处，黑黑的，软软的。

夜间要车，到底来得慢些，小葵又不肯先退了房到大厅去等，这时候被人看到，那岂不是比白天更让人说不清楚？——小葵是想要把自己说清楚的。小葵把行李理了三遍，确定没多也没少，前台才来电话说车子已到，于是退房、结账，少不得又过了近十分钟。小葵坐进出租车，已是十点半了，夜色漆黑，路灯暗淡，天上密密麻麻的星子，这朱家尖的星空，比本岛高远明净，小葵没来由想到佛经上常用的比喻"恒河沙数"或"胡麻子"。

开到朱家尖大桥上时，她看到了前头冯局长的车，司机想要超过去，小葵忙说："慢慢开，我们不赶时间。不要超车嘛。"司机到底不听，说声"你放心"，就拉起了速度。转眼，出租车就蹿到他们前面，小葵担心刚才超车的刹那，小陶是否认出她了——大桥上的灯光雪亮，出租车的车窗又没有遮挡。冯局长的车仍旧不紧不慢，出租车司机却是连连加速，很快，后视镜里看不到他们了。倒是另一辆出租车钉着他们不放，一路地赶上来，还连鸣喇叭，小葵想着该是那司机的熟人吧，司机却说："这是定海的出租车，没有认识我的吧？"小葵心头一凛，人不由得从座位上矮下去，连声催司机赶快再加速。幸亏这司机好开快车，几脚深油门，真把那辆车甩开老远。下车后上自家的楼梯，小葵也是一跨两级台阶，等进了家门，幸好庄东明还在看NBA，眼睛黏在电视上，小葵一晃就进了卫生间，这才放松下来，瘫掉一样。小葵在镜前整理自己的呼吸和表情，呆立了好一会儿，竟不知道自己平素的表情是什么样子，镜子中的小葵，嘴角撇着，一副嘲笑的表情，小葵想让嘴角上扬，努力了几次，就是不成。还是洗澡效果好，热水让人松弛，浴后的小葵，总算有了自己满意的表情，平和、明净，似乎还有点甜蜜。

"郑月玮刚才打电话来问你到家了没。她说和你一起出门的。怪了，你们不是搭同一辆出租车回来的？"

"她原先说不来啊，我就先回来了。你怎么回她的？"小葵拿大毛巾擦头发，头发和毛巾盖住了脸。

"我说你刚刚进门。说起来她阴阳怪气的。这女人，中邪了。我就跟她说了这么一句，就这一句，我也嫌自己说多了。"庄东明又开了一罐啤酒。小葵打开了吹风机，电视上解说员为进球在尖叫，庄东明赶紧去关了孩子的房门，立在那里，一口一口地喝啤酒。

小葵不晓得是怎么睡过去的，醒过来的时候，她摸了摸前额，烫烫的，就嘀咕了一声：我感冒了。庄东明拿自己的额头过来贴了一会儿，说："没有的事，我都比你热呢！"小葵只好起床梳洗。临出门前，又在衣柜前磨蹭了半天，才挑出一身黑的来穿，棉麻的，掐腰小袄配阔腿七分裤，颈上又搭配了一条白金的水纹链。庄东明送完孩子后又回家来看了一会儿NBA，等小葵打扮停当了再一起出门上班。两个人各骑了一辆自行车，能搭伴骑上五分钟再各奔东西——这小城，骑自行车二十分钟就出城了。夏天毕竟来了，才骑了一会儿，人就汗津津的，庄东明说："明年我们买辆车吧？最不济，买辆夏利也行啊，有空调就好。"小葵说："好啊，人也不会晒黑了。我们把别的开支省省，比方说，我很想把我这直板索尼换成彩屏的翻盖诺基亚，不换，就省下一千多元钱了不是？"

不远的将来，最让人向往，这向往能催生某种麻醉剂，让人忍受住眼前这一刻的种种难受。

她进了单位的大门，和门房大爷打了个招呼，又转身出来，走进了街对面的花店，挑了一束香水百合，临结账时，又不要了。出了花店，她又进了内衣店，管店的女孩儿认得她，也不上来介绍，让她一个人待着。内衣塑料模特儿只有头部以下的身体，今天，小葵却总觉得她们正在俯视着她，一片虚空之中，她们的眼睛齐刷刷地看着她——就在前不久，她在这里买了那套连体内衣，就在大前天，她又在这里买了大红色的蕾丝胸罩，又买了大红色的半透明蕾丝底裤，是的，她们都看到了。小葵的胸口发闷，她低头转身走了出来，冷不防和刚进门的人撞在一起。

那人抓住她，猛地摇了她两下，小葵脸都煞白了，抬头看是吴姐，才松下一口气，闷声说："吓人啊。"

"我到处找你呢，我们园艺兴趣小组搞活动，今天上山挖兰花去，我都帮你向处长请好假了。"

"处长怎么说？"

"处长说好啊，兴趣小组的事，得支持的！"吴姐学着处长的口气，拉着小葵就往停在门口的一辆面包车走去。果然，已有四五个女人在里头了，都是休闲装扮，她们见了小葵，都没有说什么，好像她本就应该和她们一起走一样。和吴姐走在一起的这四五个女人，平素在单位里都属于超脱派，只对自己业务上的事尽心，对于种种职位的竞争，从不参与的，各种业余爱好，却都玩得有模有样，叫人轻易不敢小看。

汽车只把她们送到山脚下。吴姐在储物箱里翻出一双旧布鞋，要小葵换上。小葵穿的是露趾平底凉鞋，连连说不用换了，反正是平底的。吴姐怕她是在嫌脏，也就不多坚持，随手又把布鞋扔进了储物箱。

山路并不难走，挖兰花的地方是吴姐前两天已经找好的，直奔那里就是。除了吴姐，都是话不多的人，今天吴姐好像也有了心事，一路也闷闷的。她说她来殿后，走在最后一个，她前头一个是小葵，渐渐地，两个人和前头的人就拉开了一段路。吴姐这才开口说话："我一上班就先去了你办公室，给你换花，一进门就吓一跳。"小葵停住了步子，转过身来。她们正走在半山腰上，山路两旁灌木长得茂密，枝枝权权地伸到了路中央。小葵和吴姐就隔着一条树叶茂密的枝权立着。吴姐深吸了一口气，说道："郑月玮拿着刷马桶的洁厕液，往兰花上浇。她看见我了，也不停手，还在那里浇，就像真的在浇水那样。"

小葵后背一阵发冷，问道："她还说了什么？"

吴姐沉默了一会儿，说："说……倒是没说什么。"

隔着枝权，两个人又立了一会儿，小葵不过在明知故问，郑月玮哪会没说什么，应该是说得很不堪，吴姐都不好意思在小葵面前重复了。小葵待要为自己辩解几句，茫茫然不晓得从何说起。吴姐等着小葵说点什么，总得说几句吧？偏偏前头那几个女的喊过来问该往哪个方向走，吴姐对小葵说："你慢慢走，我过会儿再来接你。"一路小跑，留下小葵一个人呆立在那里。

等小葵回过神来，只觉得头顶的太阳实在晃眼，她只好眯起了眼睛，满山绿，让她疑起自己也生了青苔。本岛多低矮丘陵，像这里海拔高到四百多米的，实是稀罕。两峰对峙，中有深谷，于是，有涧水，有小瀑布，乃至树木掩映，林花盛开，一应山谷该有的景致，它也都有。闪亮的阳光里，一切都是那么洁净，远处山顶的茶园，绿得晶莹；身边的树叶子草叶子，凑近了看，连纤细的茸毛也都一尘不染。它们是怎么抖落灰沙的？小葵一路缓缓向前，缓缓看过去，没有一片叶子不是洁净的。小葵小心地避开它们。郑月玮的电话就是这时候来的。小葵捏着银色的索尼直板手机，铃声响了很久，小葵还是接了。

"你躲不过我的。"

"我知道。"

"你也斗不过我的。"

小葵不响。

"冯局长已经都答应我了，答应我了！我就不把你们的事情嚷出去。你这孩子，你傻啊，哪能临上花轿才穿耳朵啊，要使美人计，也得趁早啊！"

小葵掐断了郑月玮的笑声。在大太阳底下，这笑声很不真实。在这山谷里，人间的事，也很不真实。

等吴姐来接她，她也就只走出了一百米路，吴姐笑道："你这是在挪啊。"吴姐的笑容也是干干净净的，阳光里闪闪发亮。

她们离开了山路，走入一处斜坡。小葵开始后悔，应该换上布鞋的，她怎么可以嫌它脏呢？每一脚下去，沙土易滑跤不说，踩到刺藤，也是难免的。吴姐在前头引着她走，叫她只管放心踩下去。小葵小声说："吴姐，你总是护着我的。"吴姐叹口气，说："哪里护得到？全靠自己脚底下小心。"小葵眼眶一阵热，待要开口说些什么，却总说不出口去。原来，自己做的事情，连说说，也是难的。

她们已经在挖兰花了，这会儿正凑在一起数兰花的芽头，几把矮锄就放在脚旁。小葵过去，拿了一把在手里，对着兰草，不知该如何下手。吴姐教她挑株长了花蕾的，也不要挖多，一株就够了，轻轻锄，千万别伤重了根。小葵捏着锄头，走来走去，好不容易挑中了一株，躬着身，正要下锄。这个时候，她看到了自己的脚趾，涂着粉红指甲油的脚趾，是前天刚做的美甲，每个脚趾的前端，都点了一朵小花。它们怯生生蜷在兰根旁，等着谁去爱抚似的。小葵鼻子一酸，胸口一股气就堵在那里，泪眼蒙眬间，不晓得拿这口气怎么办，只咬了咬牙，狠劲儿一锄头下去。

小葵呆呆地看着血从脚指头渗出来，那口气却还是堵在胸口，连哭也哭不出来。

"快来车！对，对，在茶人谷！"反倒是吴姐在哭着打电话。

六

这一锄头,真够狠的,坏了皮肉不说,还有一根脚趾骨裂,于是,不用出门,卧床休息,理所当然。

人不出门,她也不想让人家来看她,推说是脚伤不便应门,庄东明又在上班,就是休息日吧,庄东明一个人对付家务,家里乱,不好意思见客。一个人难免发呆,小葵发呆的时间越来越长,东想西想,总放不下那点期待。

结果,是庄东明带来的。那天晚饭后安顿好孩子,他说:"孔哥说了,文件下来了,郑月玮上了。他让我劝劝你,跟个疯婆子斗,不值当的。"小葵强笑着问:"那他说这话时,面上喜色掩也掩不住吧?"庄东明想了一想说:"确实是有那么点喜洋洋的。"小葵冷笑道:"我就知道,一床被子,盖不住两样人。"

那么,期待,是落空了。

两家大人,小葵也都不想告诉,省得给他们添累——那是嘴上说说,心里却是不愿意让大人来问东问西。但电话是挡不住的。阿姆总是隔两天一个电话,询问竞争上岗结果,小葵先说还拖在那里,但毕竟拖不过,到最后还是照实说了。阿姆吃惊不小,咦了一声之后,劝女儿道:"不要紧的,我们还年轻呢,只要有实力,怕谁?你看那个超女纪敏佳,我看着蛮好,蛮有实力,她这届失利了,明年照样还能起来的，你信不信？"小葵嗫嚅道："以后不要提纪敏佳了好吗？"阿姆在那头愣怔半天，连连说好的，连平常爱问的为什么也没问。她被小葵声音里的冰冷冻着了。

胡主任的电话是隔了好些日子才来的，先问了一通她的脚趾，嘱咐她一定要把脚搁高了再躺，脚趾那里微循环不好，很难好的。再就是宽慰，他说："我分析给你听。你这回若赢了，那叫杀出一匹黑马。像现在这样输了呢，这叫正常。为什么说正常呢？她郑月玮这些年的生活重心就是在为这个升职的目的忙碌打点。跟中层，弄得跟姐妹兄弟似的好；跟局长们，弄得比他们自家孩子还要孝顺。她还有个一直罩了她好多年的后台，你也知道的，她那干爹，人家现在也是手握实权。局里给她这个位置，人家于公呢，会支持我们局里工作；于私呢，人家也会还局长们的人情，赶哪天也提拔一下我们局长的亲友。"小葵安静听着，这些，自己不至于一点不知，不过，轮到自己的时候，总觉得这世界该有公道在的。听到最后，小葵轻笑了一声。

胡主任也跟着笑了，说："当然了，这些，你哪会不懂。这回吧，你也算挣到个基本分了。局里那些人都在看着你，看你忍辱负重了，他们就会在心里给你加分；你若不服气，再加发牢骚，他们就会给你减分。你看，郑月玮这么用心经营，也是熬到头发白了，才给她这么个位置。我自己呢，一路也是这么过来的。你呀，路还长着呢。"

冯局长的电话，是隔了四五日才来，话说得很是励志："这回，我们已经全面展示过自己的实力了，虽败犹荣，还有下次呢！你那么年轻！明年，就明年，我会再组织一次竞争上岗的，你放心！"

小葵躺在床上接的电话，她不想说话的，但她还是说了；她不想哭的，但她还是哭了；她无声地哭了一会儿，让电话那头的人听了一会儿这头的沉默，哽咽着说了声："谢谢你。"另一个小葵跳在半空里，凛凛然，俯瞰着她。小葵躲不过，索性缩到毛巾毯下，闭起眼睛，眼泪依旧源源不断地来，她也随它们去。对这个世界，她真的没什么话好说的了。

哭了半天，自己拄着拐杖到浴室，想绞把冷毛巾来敷。很简单的事，也折腾了半天。好手好脚真是好啊。幸亏吴姐来送蔬菜——小葵索性给了她一把大门钥匙，才让小葵在沙发里躺平了。吴姐先到冰箱里取点冰块用毛巾包了，让她自己拿着冷敷，再又问她平日用的眼膜在哪里，拿去冰箱里冰着，最后还煮了两个鸡蛋，剥了壳，热乎乎地在她眼皮上滚来滚去。忙活了好一会儿，小葵的眼睛总算没有胀到要弹出的感觉了。小葵说："吴姐，总是麻烦你。"吴姐拍拍她的肩头，说："说这些做什么。这头发，该好好洗洗了，这么长，我可搞不定。"小葵说："哪天把它剪了吧。这阵子，正嫌它太麻烦了。"吴姐来了又走，她赶着还要去上插花课。吴姐的生活，真是丰富得很，可是，小葵总觉得那不是自己该过的生活。她是好学生，学而优则仕，勤奋苦读的那些年，总觉得前面有一个很成功的小葵在等着自己。

到下午浩浩快放学回家时候，她的眼睛，还是肿的。有什么办法呢？她站在浴室镜子前，望着自己的脸，因为浮肿，脸又红又透，一丝鱼尾纹也没有了。

她依旧回床上躺下,敷上已经冰镇了的眼膜。

这些天,都是庄东明早一步赶回家来做晚饭,再跑去学校接浩浩,来不及的时候,就从食堂里带几个菜回来。等待的时间,总是特别长,小葵对郑月玮还是存了点感激的,总得谢谢她没有把事情抖到庄东明这里。

小葵等得睡过去了。等她醒来,天已擦黑,庄东明坐在她床头,灯也不开,坐在暗影里,那身形,与平时不大一样,像在那里憋着什么,既像憋笑,又像憋哭,肩膀一抖一抖的。小葵心头一紧,觉得天都要塌下来了。

庄东明啪地打开了灯,他拿过床头柜上的报纸让小葵看。小葵越看越吃惊,人却放松下来。原来,在杭州,她的一位朋友,因为和人竞争职位失利,竟拿硫酸泼了赢了的对手。这对手,小葵也认得。她们俩就跟小葵和郑月玮一样,在同一办公室上班,竞争的,也是同一职位。看社会新闻,再怎样,也就是新闻一桩,离自己远远的;这一回,自己朋友的名字白纸黑字印在上头,方才觉得这世界离自己那么近。

"幸亏我们输了。"

庄东明又说了一遍:"幸亏我们输了。"

小葵揉着肿眼泡,也跟着说了一遍。

客厅里的电视机在放新闻,雅典奥运会是这一阵的热点,儿子在客厅里朝着他们嚷道:"新闻上在说哎,刘翔110米栏跨栏决赛冠军!爸爸,你知道刘翔是谁吗?"

庄东明赶紧跑出去看。父子是一对体育迷,小葵对这些比赛,向来没有什么热情,顶多在升国旗的时候,她会有些小激动。刚才的庆幸,现在过去了。这样的庆幸,往深里想,也是可耻的——她被毁容了,可我没有,幸亏,我没有。郑月玮已经在拿洁厕液浇兰花了,再疯狂一点,拿硫酸泼人,只怕她也做得出来吧?

浩浩在客厅里学着跨栏的样子,一路学到小葵面前,伸手就要来抱小葵。小葵让了一让,挡住他说:"别……别碰我。"话一出口,自己心下陡然一惊。庄东明就在卧室门口,眼光锐利地扫了过来。

脚伤之后,他们就在一张床上远远地睡。庄东明说怕误踢了她的伤脚,自己找了张毛巾毯,每晚离她远远地蜷在床边。又因为看奥运会,好多赛事都在凌晨两三点,他都起来到客厅里戴了耳机躺在沙发上看电视转播。

小葵盯着自己还裹着纱布的右脚,病,总是和脏连在一起,一阵冷丝丝的恶心慢慢泛起。那个被泼了硫酸的朋友,又是怎样度过今夜呢?小葵新家装修好那一年,正好她们俩一起来舟山出差,顺路经过这里,也就上来看了看。小葵的床头放了梳妆台,一面镜子正对着床,她们俩都说,这不可以的,这犯风水的,一定要盖上布。小葵后来索性就把这梳妆台放到玄关,当了玄关桌。出门前正好照照镜子,看自己出去见人的样子是否得体。

拄着拐杖，小葵立在玄关镜子前的时间越来越多。看久了，就能看到镜子深处，很多个小葵在那里来来去去。

　　休养了两个月后，小葵一瘸一拐去了县局，钻进自己的办公室，闭门写调研文章。课题还是去年的，资料也是去年的，她只是一遍一遍地改，怎么也没法让自己满意。若有人到她办公室来，她就跟人要各种数据，思路倒是很清晰的，预备着要写个大文章出来。长头发也剪短了，她自己剪的，头发分两绺捋下来，几剪刀就剪掉了，发梢乱蓬蓬的。

　　慢慢就有传言，说小葵精神上有点那个了。办公室已经搬到新大楼了，小葵的几个瓦楞纸箱也搬过去了，在办公室角落里敞着口横七竖八放着。有一回冯局长走过，看见了，说："这谁的箱子？也不收拾收拾。"处长低声说："小葵的。"冯局长叹了口气，说道："没想到这孩子这么脆弱，哪能这样经不起打击呢？"处长说："这事，大家乱传罢了。过些日子，她就会好了。"

浪淘沙

小葵纪元：2009—2011

一

　　拉开遮光帘，夕阳从落地窗哗然涌入，横穿过东西向的长厅，亮晃晃拖成一柄长刀，劈向入户门金色的内把手。没准儿它真会被齐根砍下来，就跟她的人生一样，原先一直跟某个牢固的装置焊在一起，看着稳稳当当，哪料到，某一刻，啪嗒一下，掉了。

　　小葵挪回长厅西北角，那是她的开放式书房。她蜷在椅子上，眯起眼睛，盯着那把手。这实木圈椅能转圈儿，她稍稍转个方向，椅子也跟着哼哼几声，极不情愿。

　　得在阿姆进门之前，理出个头绪来。事已如此，够阿姆受的了，她得把事情说得让阿姆好受一点——至少听起来好受一点。深呼吸，得吸入更多氧气才好。橙黄光束中，微尘显形，它们会随着呼吸进入她的身体吧？不不，鼻腔会将它们全都拦住。在夕照之外的幽暗里，安静携带微尘，缠绕包裹，垂直加压，形成一个时刻在转动的混沌旋涡，缓缓压向小葵。够了，真的受够了，你们还想怎么样？小葵用尽浑身力气对抗着，冷汗涔涔。空气进出鼻腔，匀速，持续，小葵凭此确定自己必定活着，但她感觉不到饿，有重量的空气侵入身体后充满了胃部，或者，大脑已经开启某种状态，让她可以自足维生？她想到了望潮。这种在潮间带上钻洞居住的八爪鱼的近亲，天寒地冻难以觅食时，就啃自己的腕足保命，直到只剩一个光溜溜的身子，它会用尽最后一口力气，钻出洞口，等待最后一次涨潮。潮起潮落，潮水会带它到远海。它在潮水中一寸寸死去，它体内的幼子们一粒粒成熟，在某一刻纷纷破壳而出，成为新的望潮。

她在椅子上，蜷起手足，抱紧自己。此刻，她在自己的洞里。

她被离婚了，孩子不归她，她还提交了辞职申请，这是她在这个冬天——断掉的腕足。对于人生，她一向秉持乐观，朝着目标努力行进，浪头过来，一潮又一潮，她都挣扎着要立在潮头之上。二〇〇四年那回，她跌到过浪谷，可总还在涨落潮水之间，随波逐流之中，一旦时机候着，难说她不会翻上潮头。但是，这一次，在临近二〇〇九年年末的时候，命运之潮把她拍上岸来。潮水退去，她被甩在这套房子里。

庄东明说，这是她单位分的房子，是房改房，写的也是她的名字，他不想和她争。现金存款嘛，一人分一半。另有些股票投资，归了庄东明——今年沪指逼近3500点那会儿，庄东明认为牛市终于要来了，补了好些仓，没想到八月以后市场就不像样了，他被套住了，这些股票就算是他的吧，不分了。她是过错方，风言风语会影响浩浩，他们得离开这个旧环境。他争取到调动机会，带着浩浩去了宁波。这一切都是他不得不做的事情，为了浩浩和他自己的尊严。在经济上，他也大度到吃亏——他一直努力在做个好丈夫，即使离婚了，他也会是个好前夫。

对这些，小葵无话可说，只有低头。别人家的理财是买房投资，她家是买股票，到底有多少，她不清楚，这近十年逐年增加工资而积累的家底，大多在那里了。小葵从来没想过，原来她也会有离婚分家的这一天。

这些天，她和外界的连接，只有浩浩。他每天有两个电话打过来，早上一个，"妈妈，我起来了"，入睡前一个，"妈妈，我睡下了"。和浩浩通话的那几分钟里，小葵用尽力气回到从前的状态，温柔地，麻利地，嘱咐他要洋葱式穿衣，睡觉鼻子要留在被子外头。十三四岁的年纪，正是世界观形成时期，浩浩会怎样看待这突然降临的新世界？有几回，她很想给庄东明打电话，她想求他，让我和你们一起生活吧，儿子刚上初中，他需要我照顾。当然，她没打。求人的事，都难说出口。况且，他把浩浩照顾得不错，浩浩在电话里一次也没跟她求助。浩浩也没直接问她过得怎样，可语气里藏不住怜惜和担心，还有无奈。他已经不跟她撒娇了，他的语气越来越郑重。他也尝试着从她的语气里捕捉她的状态吧？小葵不确定庄东明跟他说了多少，又是怎么说的。

今天早晨，浩浩说话特别像他爸爸，他说，妈妈，我已经给外婆打过电话，她今天就会来看你。我没和外婆说太多，你自己想想，要和她怎么说。

浩浩的镇定里，又含着一丝兴奋，往下妈妈到底会怎么样呢，他应该很期待。

小葵听出了这层意思，一个激灵，自头顶沿着脊椎骨直冲而下。她一直鼓励浩浩要勇敢，她自己又该如何应对呢？往下应该怎么走，这种不确定性，让人紧张，也让人兴奋。这个秋天，小葵读到张爱玲的《流言》里头说孩子的眼睛，"那么认真的眼睛，像末日审判的时候，天使的眼睛"。小葵后怕——二〇〇四年的时候，她怎么就没好好看看孩子的眼睛？一步错，步步错。

浩浩继续郑重地说，妈妈，无论如何，我爱你。你安心等外婆来，好好吃饭睡觉。

小葵嗳嗳，好的。她不确定浩浩是否听见了，他那头没来得及说再见就飞快挂掉了。小葵体内的那个小小葵，在复活。如果能从头活起，二〇〇四年那个春末，她一定不会去走那一步，此刻，她就不用在这里领受浩浩的赦免。但是，真的不会吗？

小小葵在催小葵：快，躲哪里？阿姆就要来了！

小葵苦笑，躲不过的，我们一起等。

近年，小葵和阿姆已经有了新秩序，小葵是领头的，阿姆也依赖她。往后，恐怕又得改回去了。

小葵习惯于书面整理思路，只有写下来，她才能思考，这也是她此前蜷缩在书桌前的原因。那些关键词正在白纸上躺着，它们歪歪扭扭的，遥望彼此，在隐秘中互相勾连。

照片。这个词写了好几遍，被加粗得很醒目。起因确实是一摞照片，摄于二〇〇四年的朱家尖海滨酒店——那家酒店，躺在床上就能看日出。我约局长在那里见面。为什么要约他在那里见面？不知道，我就是想着能在床上看日出，就选了那里。床上？对的，就是床上。是些……床照？不，不，阿姆的词汇里不会有"床照"这个词。她会直接问：你在床上被拍了，和那局长？小葵只要点头就可以了。

这样，她至少把起因说清楚了。起因的起因，阿姆自会推断出来。那一年，她参加了一个副科级职位的竞争上岗，还落败了。她本以为，凭自己的实力再加上背后"有人"，她是可以脱颖而出的。若这是别人的故事呢，阿姆听后会笑着说句戏文上的话：赔了夫人又折兵。可这是自家女儿的事，她会说什么呢？

进去了。这是被加粗的第二个词。就在上个月，临近退居二线的冯局长出事了，他的办公室被翻了个底朝天。不知道在哪个柜子的角落，检查的人找到了那摞照片。冯局长说这是有人在陷害他，找到放照片的那个人，就是找到了写举报信的人。和那摞照片在一起的还有底片，是老相机拍的，用胶卷的那种。来检查的人对是谁举报的并没有兴趣，他们在乎的是查获之证据的真假。照片和底片互相佐证，他想赖也赖不掉。

调查。举报信继续给线索说，庄东明知道这事儿。他们就找了庄东明。他们也找了小葵，还找了当时的竞争上岗的对手，对的，就是那个成功上位了的女人。举报信还给了好几个人名，估计都找了。据说办举报件的例行动作，就是会至少先追踪一下举报信所给出的全部线索。那在暗中的举报者，就可以设计事件的走向。这就好比事先埋雷，引线被点燃之后，爆点在哪，他一清二楚。这封举报信的爆点就两个，一个冯局长，他自然还有很多别的事情；再加一个陪爆的她，也就是二〇〇四年的这桩事情。"你和他，事后应该没有别的事情了吧？"庄东明跟她说了以上这些之后，又这样问。

爆炸。从头到尾，庄东明都尽力了。事发之后，他第一想到的就是把小葵从这件事中择出来。他现在好歹也是某局之长了，他有他的能量。可惜，他剥离不了。办案的人说，这举报的人，连底片也放上了，就想着破釜沉舟，我们若不用他这证据，就把自己也套进去了。"能不能压一下，缩小知情范围？毕竟这是涉及隐私的事情。"庄东明的这个请求被接受了。这案子，明面上是被压下来了，各种公开的对外报道里都没有小葵的名字。而庄东明和他的朋友们努力压的过程，暗地里，也是一个快速准确的传播过程，在庄东明的世界中，这个爆炸新闻，他的得力朋友都知道了。田雷也在庄东明的朋友堆里，他会知道吗？田雷会讲给他阿姆和他老婆听吗？田雷不会，他知道那样会"杀"了她。这样的时刻，小葵还在担心她在老家的名誉，那么，即便是为了男人的荣誉，庄东明也得选择离婚，这是同一个逻辑。庄东明为小葵所做的一切，是为了保全他儿子母亲的声誉——这个理由，很说得出口。庄东明甩给她一摞照片，他的力量只够拿回照片而不是底片。小葵仓皇接住的刹那，明白这不会是这世界上的最后一套。照片上，小葵的身体真白，接近白瓷的白，在冯局长棕褐色皮肤的衬托下，白得闪光；每一个姿势里，看着都是顺从而温柔的，没有反抗，也没有骄傲，甚至，没有淫荡。那是向权力投降的她，不是春宫，是卑微的实相，是雷——是她给自己埋的雷，五年之后，爆炸了。这一段，小葵到底要跟阿姆讲出多少呢？

辞职。那个做她竞争对手的女人向来会造势，这事儿，在单位里，已被她播弄得尽人皆知，连保洁阿姨都知道了，有几日见到小葵，保洁阿姨就低头走开，仿佛小葵是比垃圾更脏的存在。这倒也罢了，这几年她本就独来独往。难就难在，这事情是冯局长错误的一部分，她已经和他捆绑在一起，冯局长进去了，她岂能毫发无损？等待她的会是一整套的程序，她得为整个事情写说明，她得等待。在这个过程中，如果她成功地扮演了软弱的受害者，她将得到赦免。庄东明为了他的尊严，放弃了婚姻。她呢？所有的人都在等她投降，等她赖活在原来的地方。即使有对她的惩罚，也不至于大到被开除出这个体系，她只要放弃自己所有的骄傲，就仍旧可以拥有物质上的安全。如果她这样做了，除了卑微，她还得活在羞耻当中，旁人看向她的每一眼，都将是审判。在想象中，她就是那个被刺了红字的女人，她承受不了。有几次，她都闻出自己身上散发出的腥臭，一定是什么在腐坏吧?她明明每日都冲热水澡,汗味儿必定没有,那臭味从何而来?这样下去,她觉得,她会疯掉的,她就提交了辞职申请,眼下还没得到批准。这个牢固的装置,进来和出去,都有一套完整的程序,不是想走就能走的。"为什么一定要辞职呢?"阿姆也许会这样说,"我们不理他们就是了。"

浩浩。阿姆。这是最后一行的两个词。这两个人和她自己,还能支撑起一个容身之处吗?

二

钥匙转动的声音,咔嗒咔嗒。门把手动了。来了。

小小葵也曾这样眼巴巴等过阿姆。那时,她一跃而起,直奔门口。此刻,小葵只想钻入书桌底下,但她动不了。

她看着阿姆推门进来,身后的走廊灯光打在她微微佝偻的背上。她的手上提着一个大袋子,花白的头发新染过了,黑亮。小小葵总会抢着去提妈妈采购回来的袋子,那里头,在上海药皂、中华牙膏、袋装白糖、番薯粉丝这样的东西之间,会有一个小牛皮纸包,里面会有几颗话梅硬糖或一个奶油面包,运气好的时候,会有一罐糖水杨梅。现在,那大袋子里,会是今天菜园里收上来的萝卜、花菜吧,可能还有刚出水的鱼虾。岛上的一切都是新鲜的。小葵吞咽了一下口水,这是她这几天来第一次感到饥饿。

"啊呀,都瘦成一只猫了。"

阿姆俯身抱住她,小小葵推开小葵,享受了这个拥抱。阿姆的脸带着冬日室外的寒冷,她贴了贴小葵的额头,闻了闻小葵的耳后。阿姆这一程,从离岛出发,先乘一刻钟渡船,再坐一个小时公交车进城,到站之后,她会步行二十分钟,从本岛的城中央走到城北。她一定走得很急,有点气喘吁吁。沿着脊梁骨,阿姆来回摸着小葵的后背。小葵往身侧的书橱玻璃上看自己的影子,还是她,没有缩小。

"你去洗个澡,我去煮个粥,我们喝粥。"

小葵强撑着吹干头发的时候,闻到了粥的香味。

每一粒米都饱满圆润,流香溢蜜,小葵垂头闻着,看着,几天没正经进食的肠胃犹豫着。在进食之前,她试着讲她刚梳理过的关键词串起来的故事,她讲得磕磕巴巴,兜兜转转,眼前蝉翼一般的粥皮,渐渐凝成乳白色厚厚一层。阿姆垂头听着,一声不响,似乎都已知晓全情,在小葵一个稍长的停顿里,她说:"不说了吧,先喝粥。我们好手好脚的,大不了从头再来。"顿了顿,她又说:"朝中无人莫当官。前些年,是田雷辞职。这次,轮到你了。"小葵愣住了,阿姆竟然拉来田雷为她托底。这些年,田雷一直都是成功者。他从乡政府辞了职,进入商场,赢得了更大的成功,而且,他的婚姻也没散,这和小葵眼下的情形,根本是两回事情。可这样就逃过了一场来自阿姆的审判,松一口气之后,小葵却又对阿姆生起了陌生感——那冷却了的粥皮,入口之后,就糊在心头。

喝完了粥，阿姆又进卧室铺了床，她自己一个被窝，小葵一个被窝。她说："先睡一觉吧，我守着你。不用牵挂浩浩，他打电话来我会接的。"

小小葵复活过来，她听话地钻进被窝。起初的寒意过去之后，深沉的暖意带着麻痹感席卷全身，她沉入岁月的河底，就像十三四岁那会儿，世界在离家很远的地方，她还从不曾踏出小岛半步。她做了一个梦。阿姆挺着孕肚，站在秧田里，水田映着秧苗的嫩绿和天上的白云，几只海鸥低低掠过画面。早春水冷，阿姆在颤抖，孕肚里的小小葵也跟着颤抖。

那股寒意，从梦里发散到现实世界，小葵一抖，醒了，床头的闹钟闪着绿色的荧光，近五点了。"怀你的时候，我挺着六个月孕肚也还在插秧啊。"这是某一次阿姆跟她说的往事，类似的还有去修海塘、造水库、造盐场，妇女能顶半边天，这些艰苦的体力活，当时的女人都和男人一样做。没人把她们当女人，她们自己也是。阿姆说这些，倒不是为了自怜，或是乞怜，她语气里的激情常让小葵不解——虽然包裹着无奈，但那激情是真的。后来，读到"扼住命运的喉咙"这样的字眼，小葵就总想到阿姆她们，这激情，是拿自己的肉身与这冰冷又沉重的现实世界对抗，怎么也不肯服输。

阿姆也醒了。在黎明前的浓黑里，小葵跟她说了刚才的梦，叹道："你吃了那么多苦。我都没有好好孝顺过你。"阿姆从自己的被窝里探出手来，帮她掖了掖被子，说道："那些都过去了。又不是我一个，那时候大家都一样。说到孝顺，你有心，就好了，往后有的是孝顺我的机会。这不要紧。我总还能再撑几年。"过了会儿，她又道："最要紧的是你。往下可有什么打算？"

小葵恍惚答道："我想去宁波，我要和浩浩同城住，我得照顾他。"

阿姆叹了口气说道："眼下是冬月了，过年也快了，你索性跟我回家住一阵，缓一缓，养养身子，探探路子，开春再动。"顿了顿，她又说道："让你爹给占一卦，看看怎么逢凶化吉。"小葵爹近年学了《周易》，正热心给周围人指点迷津，不知不觉有了些小名声，连阿姆也开始认同起来了。在算命上，别人是认命，阿姆想的是改命。对哥哥也好，对她也好，阿姆都是想着跌倒后怎么往好里走。当年哥哥从渔业公司下岗后，阿姆尽全家之力帮他开了个船舶配件用品店，经营这么多年，这几年慢慢向好，哥哥好歹也是个拿得出手的小老板了。

阿姆来回摩挲着小葵的脊椎骨，说道："就当你高考没有成功，换个活法试试吧。"

不好这样"当"的。当年高考我就是成功了。先是中考，再是高考，这都是我人生中的成功，你怎么好把这一切都当没发生过呢？小葵没把这些话说出口，只挪开了身子，让阿姆的手摸了个空，悬在那里。那一瞬，小葵突然回过神来，她已经亲手毁掉了自己的成功，那么多年苦读生涯，营养又跟不上，读得一头少年白，不就是为了谋得一份稳定的未来吗？她的成功，也是阿姆的成功，可她已经把它毁了。小葵移了移身子，重新接住了阿姆的手，它稳当有力地摩挲着她。

阿姆说:"跌个跟头,就爬起来。跌疼了,就缓一阵子。怕什么?"世界好像也在应和阿姆。不远处,有人在放炮仗,先是嗖的一下,紧接着,在半空里炸开,砰砰两声,敲打天门似的。

阿姆的信心何来?它是依存在小葵从没真正理解过的激情里头的吧,那激情,大概是众目睽睽之下的激情,即使在独处时,依然能感受到来自周遭的注视。小葵以为,他们这一代已经更加自我,才不管人家会怎么看。这几天,小葵懒得动弹,就在灶旁烧火,像只偎灶猫。如果这样一天天和世界隔绝,她就会真正成为一只家养的猫。小葵想象了一下作为猫的自己,她会是橘色的还是黑白相间的呢?纯黑或纯白这样酷的造型,即便身为一只土猫,她也不敢尝试吧?那么,即便变成猫了,她还是在意别人的注视,那她怎么就没法理解阿姆的激情呢?她被自己问住了。

天冷,家里的厨房靠北墙根儿还保留着柴火灶。冬天,这柴火灶就用起来,烧开水,煮大锅饭,顺带烘热整间厨房。进城读高中之前,在这灶前烧火,是小葵的日常。说起来,也就是二十多年前的事,不算太远吧?从前的那个小葵,头也不回地往前跑,往人海里纵身一跳,以为自己真的跃了龙门,鱼化为龙,最后成为一只吞脊兽,护卫家园。她这样子以保护者自居,也有年头了,她实在是高估了自己。这些年,回家的次数也数得出来,每一回都还拖家带口,注意力要么在庄东明身上,要么在浩浩身上,她从来没有细看过自己和老家的联系,就像你没事儿不会端详自己的肚脐眼,除非它发臭了。

"我们小葵这阵子在休年假呢。"阿姆和阿爹这样和外人说。他们是想把小葵重新装进老家这个大子宫，让她再新生一回吧？可是，脐带在哪里？

岛上的日子，就平静和混沌来说，和子宫倒真有一比。爹爹阿姆本就睡得早，冬至过后，他们天刚擦黑就上床捂着了。小葵不想打乱他们的作息，也就早早进自己的房间，让阿姆可以放心关门落闩——他们用的还是那种旧式的横木闩。和浩浩简短通个话，一天就画上句号。浩浩的声音里，还是含着期待。有鄙夷吗？她仔细地探测过，没有。那么，庄东明没有在孩子面前抹黑她。也许，过段时间，庄东明会来教她怎样和孩子说这事，他会吗？庄东明以一己之力，就足够给浩浩一个有安全感的世界，这一点，小葵相信——他不冒进，总是稳扎稳打。

小葵现在住的这间房是近年扩建的，有独立进出的门，也有独立卫生间。她睡不着，悄悄开门，裹件羽绒服，站在星空下，看对岸的灯火。靠近外海的东端是工业厂区的灯光，储油罐和烟囱在灯光的勾勒下显得比白天更巨大，海面上金光粼粼；西侧的内海对岸只有民居的稀疏灯光，那段海就黑得深沉，如同往昔。

她很想手上有根烟，做做样子，不抽也行。这个，她也只是想想，没有行动。当初自己是怎么和冯局长搅和在一起的呢？如果当初只是动念，没有在现实中走出那一步，那这个世界就还是完好的。她转向西侧的内海，依稀远山之上，天幕黑亮如镜，她裹紧了身子，呆呆看着,此刻天地间,就只有她和海。她试着把时间倒带到二〇〇四年的那个黄昏,春末天气,海风鼓荡,当时正值壮年的冯局长,快速走过她的办公室门口,脚步也带风。暂停,对,在这里暂停,镜头推近,定格在冯局长的眼睛那里。那一刻,他们视线相碰,彼此都是猎人的眼光。倒带了三四回,她还是认下了自己同为猎人这一事实。虽然,把自己粉饰为无辜的猎物,会更有利于她,可是,眼下也没有到非得自欺的地步。她宁愿沉浸在羞耻里,那羞耻总还带了几分力量。她确认,相对于四周的眼光,她更在意自己的视线;只是,她不敢十分确定,自己的视线和别人的,果真不一样吗?

她转向东边,看对岸那座彻夜通明的化工厂厂房,盯久了,那就像是一处梦境中的宝库。她盘点自己所拥有的,身心健康,这一点,她最看重。花了两三年时间,她才从自我审判里脱身,重新接纳自己,这些天,她又把这过程走了一遍,从黑暗的海底一点一点浮起,护着五脏六腑,穿越沉重的海水,挣扎着,浮出水面。如今还能这样挺直腰板站在星光下,这有多不易,只有她自己晓得。她还在健康之中,仅仅这一点,她就对老天心存感激。她还有财富,那套房子,市值一百五十万左右,没有房贷的,实打实可以变现处置。她还有十万现金,目前的生活不成问题。她还有才能:研究生学历、注册会计师资格,她的写作和演讲能力也不坏。对了,她已四十,不算年轻了,可也不老。她会在真正的衰老来临之前安顿好自己的。

最重要的是,她还有浩浩,她还有父母。她需要他们,他们也需要她。她的前半辈子，并没有白过。

那一晚，她睡得很沉。睡意来临时，四肢像流水一样向四周漫溢，翌日醒来，愣神了好一会儿，才试着活动身体——它们是重装了的。她用洗面奶洗了个脸，拍好护肤水，再抹精油和乳霜，用了隔离霜之后，涂了粉底，最后用散粉定妆吸油，一张脸清清爽爽。回小岛前，是阿姆整理的行李，看来卧室里梳妆台上的瓶瓶罐罐一件都没被落下。

院子的大门虚掩着，小葵走到门前，又折回来，在院子里绕了几圈，回房脱了羽绒衫，换上家常棉服，又坐到灶前烧尺八镬里的水。她还没准备好，但她一定会出门的，不是今天，就是明天。

干草引着了火，松枝轻快地接棒燃烧，火头成团跃动，散出热来，小葵这才放进两块废弃的老船木。这驰骋过海洋的木头沉手，火焰猛一闪，经年的桐油爆裂开来，味道依旧呛人。那些二十世纪八九十年代打造的木船，那些给渔家带来财富的家伙，被铁船替代之后，它们最终的归宿，真的只有在这灶膛里吗？近黄昏的时候，这问题就有了一个新解。

小葵正在灶边烧火呢，田雷大声叫着小葵进来，那声音，仿佛他才十八岁，而她小葵那会儿该是十五岁。他站在院子里大声说：“小葵！这怕是十年一遇的事情，我在家，你也在家！"

原来，田雷这不年不节地回家来，是要在海滩上开个篝火派对——离二〇一〇年的元旦也没几天了，说是迎新也没问题。这几天，岛西的一家造船厂拆解了一只大木船，在广东中山做家具的一个同学买了这些船木，大构件拔除船钉后，打包运走了，剩下一些边角料，去油处理了一下，截短了做成烧篝火的柴火。田雷得了这个消息呢，很感慨，他们小时候多么想拥有一艘木渔船啊，那是财富之源；他一激动，就辗转约了七八位同乡好友一起回来——都是在外头做生意的，在上海，在广东，在宁波，最远的在新疆，就为来这海滩上烧船木篝火，打了飞的就回来了。今晚聚齐，一起住在岛上的一家民宿里；派对要用的红酒啊水果啊什么的，也都托岛上的酒吧准备好了——他们专做外籍船员的生意，阵势本就洋派。野营啊烧篝火啊，也是这几年很流行的消遣，听着就很高级。

田雷还特意拎了一包篝火料过来，送给小葵的，说下回可以在院子里也搭个小篝火堆烤番薯玩，今晚啊，他们要搭的可是一个半人高的火堆，他比画着，就像小时候正月十四他带她出去烧野火那般兴奋。这个旧俗，恐怕现在也没人玩了吧？

"小葵，你还记得岛西码头那边的造船厂开业在哪一年吗？"田雷考她。

"一九八四年。"小葵不假思索回答。那一年，人民公社改成了乡政府，田雷进了乡政府从文书做起，她进城去念高中，渔船和土地的经营，也从集体走向个体。怎么可能忘掉这一年呢？这船厂合着木船的体量而建，和岛上的渔业一道辉煌过，如今，也一起衰落了。

岛东的造船厂是近年崛起的，如天外来客。前年清明，她回来扫墓，站在半山腰往下一望，第一眼看到了它的厂区时，无比惊讶。那些起重机、集装箱、浮船坞、海上平台，还有海关和动植物检疫局这样的机构（中英文匾额白底蓝字，老远可见），这一切，仿佛它们来自另一个世界。这片水域虽是内海，却紧邻国际航线，堪称海上交通枢纽，加之岛东的曲折岸线和天然深水港湾，确实是修造海上平台、远洋货轮、油轮这些大型船只的好地方啊。但这样的视角，原先岛上的人并没有，小葵也没有，他们自认偏僻，小葵也是。是外面的世界，发现了这个小岛的价值，就像加冕，小岛只是伸出了脖子。

造船厂已吞没了这个小岛的东部岬角，扩建还在持续，最东边的泥涂，不久之后，也将成为厂区的一部分。据说，筑起堤坝之后，这片泥涂就会是人工潟湖的湖底。

田雷他们的篝火派对，开在这片即将消失的泥涂之上。篝火台与潮间带隔开五十多米，他们已经引燃了它，像个小小的烽火台。此刻，天高星淡，云掩月牙，深黑海面泛着星点蓝光，波浪起伏，向着岸上的人传来温和的叹息。不久之后，一道堤坝崛起，潮水到此回头，台风来临，即便有狂暴的浪头能翻堤而入，跌落时，也早没了气势。那些望潮的幼子，回溯到此，也只能回头，去找另外的泥涂打洞栖息。所有潮间带的生物，还有姿态优雅的涉禽，它们都得另觅新家。

只有风还会是一样的，什么也拦不住风。冬季的风，从陆地吹向海洋，这会儿被篝火烤暖了，在火堆上盘旋着，在热红酒上盘旋着，在他们这些人身上盘旋着，散发出一股慵懒的气息，似乎，这也是成功的一种味道。

微醺时刻，他们说着往事就酒。最应季的，是说到了"冬天弹胡赛河鳗"。"弹胡"就是弹涂鱼，这会儿若打个手电筒往靠海处走去，那些双眼突出、前鳍活跃、背鳍时隐时现的小生物，就会在明晃晃的灯柱中呆住，变成手到擒来的猎物。顷刻之间，他们就能活捉个小半背篓，清蒸了吃，比河鳗鲜嫩一倍不止。

可他们就只是说说而已。没有谁真个就打赤脚挽起裤腿走向潮间带。海泥从脚趾间涌上来，没上他们的脚踝，渐至半条小腿，细腻且冷，这些感受，他们记得，再怎么久远都记得，那是和肉身同存的记忆。过去恍如黑白幕布电影，像是他们的前世——在这个小岛上，他们这些贫寒农家子弟看着地平线处的远山远海，奢望有一天走出小岛，抵达那里。现在，是彩色巨幕电影，他们到了比目之所及更远的远方，有了自己的事业，他们现在所拥有的，是他们从前不敢想象的。

从同一个小岛出去，怀抱同样的梦想，为彼此的成功骄傲，互相激励，交换资讯，互通有无，这是他们分开这些年了还保持联系的原因，即便这次借着烧篝火名头的相聚，底子里，也还是想一起聊聊生意吧。小葵刚才插话说了一嘴望潮，可她的声音太轻了，大家说经济又说得热闹，大概没人听到她说话吧。只有田雷朝她挤眼一笑，动着嘴唇无声说话，那是他们从前经常玩的游戏，田雷在说"我买给你吃啊",小葵回他"我不是这个意思呢",可田雷已经别过头去,和大家一起议论经济形势了。

"这两年,全球都闹经济危机呢,按说大家日子都不好过吧?可阿拉阿姆反倒惬意得很。她把家电都买齐了,洗衣机用上了,空调买了两台,电视机也买了两台,大手笔吧?国家这个'家电下乡'的优惠政策灵光吧?表面看着是农民得了实惠,实际上,是阿拉农民又救了一次经济啊,化解了家电难以出口之后的库存难题啊。上一回是'包产到户'对吧?这政策是解放了禁锢在土地上的劳动力,阿拉农民工进城出力,成了各行各业的建设者;这一回,阿拉农民出钱,是消费者,是市场。市场很重要对不对?市场非常重要啊。"说话的是一个长得圆鼓鼓的同学,名叫傅增,初中时数学成绩很不错,这会儿他旋转着酒杯说着"阿拉农民",可身上已经没有一丁点农民的样子了。他在深圳,做外贸的,十足的港商打扮,这会儿脱了厚羽绒服,就剩一件雪白的正装衬衫,额头还是汗津津的。他继续说,他的家乡话已经捎带港味了:"去年啊,我可以说是死过一回。我以为这下玩完了,瓜咗啦(挂了),可总不死心啊,还撑在那里,撑到今年下半年,我才活了过来,好险,咸鱼终得翻身。今年下半年经济连着稳了好几个月了,外贸已经是上升势头,能活下去,这是几乎肯定的啦。问题是,这回我们能活上几年?"

"只要这开放的势头不减,我们就都能活。刚才你说的'家电下乡'政策之所以会对经济起效,全靠前些年政府有意识培育农村广大市场。得让农民手里有钱，我们的内需才起得来，经济也才能走得稳。"田雷已从商多年，这会儿说起话来，却还是从前当乡长的样子，"我们这几个人呢，是幸运儿，我们都借到了政策的东风，脱离了一般打工人的命运，挖到了第一桶金，做了自己的老板。这回，你看，从上到下都鼓励我们扩大经营规模，又一次腾飞的机会来了啊各位。"

他一说完，傅增就领着大家齐声拍手，又领头哄笑。田雷就对着他虚捶了一拳，捶在他凸起的肚子上，笑道："说政策你们哪里是我的对手？做生意嘛，我哪里是你们的对手。"傅增忙扭动着躲开，椅子看着都快散架了，他还笑着说："万一哦，我说万一，如果这世界不开放了，又都封闭起来了，我们这些人怎么办？怎么活？还回来岛上种地呢还是捕鱼？"大家哄堂大笑，齐齐说："看来杞人忧天那个杞人，也胖乎乎的吧？"但不知怎么，笑过之后，大家都安静下来，有人喃喃问道："如果世界真的再度封闭起来了呢？那我们这些岛上的孩子，出路会在哪里？"

是啊，岛只能原地等待被发现被加冕，而岛上的孩子得自己选择出路，问题在于，得有选项可选啊。那，选项从何而来？小葵默默地跟随着发问者的思路，她没有出声，也没有跟着笑。

田雷跟着笑了，成功者就是这样，他们总是手握各种选项。他轻快地转了话题："看形势好啊，我这回在宁波象山那里，收购了一家做外贸水产的食品厂，规模不大，可总也是做外贸的，欧盟认证都有，这厂子下个月就要交到我手上了，可我现在缺一个去那里管事的总经理,大家有信得过的朋友吗?推荐给我。"

"要啥条件?"

"懂外贸和外语,最好懂会计,对合同熟,最好再懂点税务策划……"

"你这人选,最好是挑从体制内辞职出来的,你再自己带一阵,他就都懂了。听说今年真有好多人从体制内出来下海的。他们也是和我们一样,嗅到金钱的味道了。我们是'春江水暖鸭先知'里头那只鸭。"

"你这比方啊,错是没错,就是听着不对味……"

小葵安静地听他们讲着笑着,她犹豫着是不是要接个话。不过不急,过会儿私下里和田雷说,也是一样的。不料,现场的气氛实在活跃,他们说起几个她没听说过名字的人选,有一个人特有行动力,直接就电话过去征询人家意见,似乎立马就要敲定的样子,她只好抬起头来,说:"像我这样条件的,你们看合适吗?注册会计师、英语六级,还懂点税务和外贸——至少知道原理。"

田雷看向她。小葵接住他的眼光,那一瞬,她明白了,他是知情的。本来,这小城就是一个藏不住新闻的地方,庄东明和田雷的交际圈有好些是重合的,平日里他们俩也能算是朋友,会互相帮忙、互换资源的那种朋友。

"有你这样条件的?那我求之不得啊。我会高薪聘请的。那就拜托你啦!"田雷迅速接口。大家纷纷说田雷真是运气好,要什么就能遇到什么，一路走来，天赐好运实在太多。那个叫小葵的朋友也好运，田雷是个很慷慨的老板呢。

田雷笑着摇头，话题转向一笔三角债的催讨该找到谁来解债，紧接着又有人说是该找哪家银行贷款才最优惠，温州的金融公司和本地的金融公司哪个对抵押的要求低、到账更快，手头哪个项目可以去走财政的补贴，是否跟进房地产投资，今年四万亿人民币的建设投资，他们该怎样去参与其中……

话题密密麻麻，做实业的、做商贸的、做金融的、做股票的和做房地产的，观点不一。小葵听着，引发的只是一个又一个她还算熟悉的概念。这些概念，通常会出现在她写的材料里，和时刻在涌动的市场看着很近。小葵整理着自己的思路，可她找不到切入的时机，他们高声谈论着，也没有一个人特意来问她的看法。

篝火越来越旺，热量在身边汹涌盘旋，小葵却不觉得热，她的背上还是凉飕飕的，也许是汗湿了后背吧。田雷把位子换到了小葵身边，顺手把他脱下的一件羊绒衫披到她背上，小葵怕它掉落，就拉起两个袖子在胸前打了一个结。

瘦高的调酒师加满了三脚架上大锅里的红酒，蹲着在伺候烧炉子的小火堆，另一位侍者端着托盘脚步不停在人群中穿梭着。酒精和火焰，烤得冬夜暖融融的，火焰的影子投到人身上，人也跟着闪闪烁烁。水果味的红酒喝起来像饮料，看她喜欢，田雷帮她加了两回，她有点喝多了，但并没有醉，只是膀胱充盈的感觉让她站起身来。

离这里不远有处庙宇，围墙外就是公共厕所，小葵熟悉这里。她扭头往那个方向张望，看看是否也通了路灯。真的有。她的少女时代，这个岛上还是煤油灯照明呢，她凑在灯下读书，油灯放大她的身影，投射到墙上，像是另一个更强大的自己，孔武有力。身边这群自称"阿拉农民"的，也已经离开土地和海洋很多年了——这是父辈们不曾得到的机会，除了考学进入体制，还有其他的途径去更广大的世界成就自己。而他们的母亲，就跟小葵的阿姆一样，挺着孕肚在水稻田里打战时，怎么会想到有一日这些孩子能走这么远呢。世界走进了小岛，他们走向岛外的世界。这一切，是怎么起头的呢？当然，毫无疑问，这都是这小岛和世界连接起来的缘故，既官方又民间的说法，是叫"改开"。

她感慨着，裹紧衣服，起身往庙宇那边走去，田雷也起身跟随，在她身后笑道："你在的场合，我的视线就总跟随你，这是本能，不是我自己想不想就能控制的。你要去洗手间，我就去当保镖。"

"就跟小学时候一样。"小葵也笑了，由衷说道，"真的要谢谢你。"

"一家人，说这些客气话做啥。"

两个人都笑起来，是亲兄妹般的亲昵。田雷把小葵往他身边一带，小葵倚靠着他前行，她的脚步有些发软，看来，是有些醉意了，不能再喝了。

小葵记得刚读小学第一年，穿大棉裤，新的，腰上的扣眼锁得很紧，纽扣也大，有一回死活解不开，小便就要解在裤裆里了，急哭了在厕所叫哥哥,答应的是田雷,飞奔找来小葵的班主任,女的,她在小葵腰上一使劲,裤扣解开了,小葵的小便也一泻而下,裤管、袜子、棉鞋,全都热烘烘地湿了。又是田雷,飞奔回家,找来小葵阿姆带着衣物来。这样的事情,仔细想起来,还有好多。当时也只觉得平常,他是田雷哥哥呀,比自己哥哥更靠谱。所以,当年,那晚,在海塘散步时,十八岁精瘦的田雷突然抱住她吻她的时候,她感受到的除了田雷浑身坚硬的骨头,还有难以言说的乱伦似的惊讶。她知道她当年的拒绝,伤了田雷的自尊,所以,现在能在她面前展示他的成功,对于田雷,也是一种释然?

转过一个弯,就到了,小葵紧走起来,一边脱了长羽绒服递到田雷手里。田雷低下头,顺势在她的额头上轻轻吻了一下,说:"我在这里抽根烟等你,你慢慢来。"

小葵一愣,旋即倒起了愧疚。田雷,是哥哥呀,当年那个莽撞的男孩,还是藏在现在这个成熟稳重的四十多岁的男子里面,这个印在额头的吻,不过是在呼应青春岁月,那再也回不去的青春啊。

三

庚寅年的春节,小葵在家过得也还顺心,除了走亲戚,就是跟着回岛过年的田雷,他培训她,跟小学时教她写字一样,跟暑假里教她数学题目一样——后来,小葵赶上他又超过他了,至少在学业上是如此。

阿爹给她占了一卦,说是"未济",配合占卦时辰,阿爹解释说"变化在酝酿之中,未来充满希望"。阿姆欣喜,小葵也开心,她在电话里和庄东明详细说了这事,他只淡淡应了声"好的"。

这是他们三个第一回分开过年,她也许该打电话给前公婆拜个年。但她到底没勇气打过去。庄东明家在本岛城关镇边缘,原先的郊区,这些年成了房地产开发的热点。他家原先也是农民,可现在是拆迁户了,田地和住宅都被征收了,前年分到了三套各一百多平方米的商品房,登时阔了,连庄东明也不由自主会有"我好歹是个富人了"的想头,小葵倒是没有——也许她是先知,早就知道这些财富跟自己没关系。

她让庄东明把电话给浩浩,跟他也说了新工作的事。浩浩说:"恭喜妈妈!您这是要去宁波做公司高管了呢。"他说得很大声,故意嚷嚷给周围人听似的,小葵心头一热,又一酸。

小葵递给人事部门的辞职报告,年前拖了一阵,年后也还是拖着,说是得等原局长判了之后才好受理她的辞职,如果任由这样拖着,那几乎形同示众般的羞辱。过了元宵就是周一,小葵一个人回了那套三居室的房子,将自己收拾齐整,去了单位人事部门。她手上拿着去年七月发的关于公务员辞去公职的试行规定文件,大大咧咧走进去,自顾自坐下,说:"请教啊,不能辞职的情形里头,有没有我这样的'主体'?哪一条说的?"

人家低头不看她，她也还是一路自说自话下去，报备了自己将要去的宁波的公司，特意说明和原先在单位的工作没有关系，连转社保和转档案到人才市场这样的事也说到了——这也是这两年才慢慢规范的，以前辞了就是辞了，从前的工作积累都没有影子，连档案都不晓得该存哪里去。不过，单位也没几个辞职的，近二十年里，小葵只见过两个，都是辞了去出国留学的，一个去澳大利亚，一个去英国，都是女的，都是把自己的人生连根拔起，重找出路的。

"那公司开给你的是高薪吧？"新来人事科的小姑娘抬起头来问她。

"还好，是我这里收入的翻倍吧。"小葵稳住了声气，淡淡回答。

"其实，我们这样不立即批准你辞职，是慎重，是为你好，怕你意气用事。"老科长叹道，"当年还是我到你们学校去政审的呢。我呀，算是看着你进局一年一年成长的……现在你有这样的去处，也蛮好的。今年我们这里，除了你，还有两个男的辞职，一个跟你一样去宁波，一个去上海，他们都是去房产公司，都是奔着赚大钱去的。你们都是人才啊。"

小葵稳稳地接住他们的视线，客客气气谢了他们。

往下会再走些流程吧，批下来是迟早的事。老科长还在那里叹息，很感慨，却又什么也说不出来。

万一局里不给批呢？但怎么可能啊，齿轮一样转动的机构里，缺了谁都没事，会有新的螺丝钉来补位。她站了起来，环视这个窄小的办公室，告辞了出来。她特意穿了新春应景的酒红色呢子大衣，内衬了一件带虎头的黑色卫衣，昂首进，昂首出。她知道，她今天的一举一动，都会有人说道。周遭实在太熟悉了，内院路面上哪里有个小坑她都清楚。她穿着一双麂皮的高跟靴子，每一脚都太用力，像走在梦境中一般。她会凑巧碰到那个女人吗？她这样子昂首挺胸，大概率不会；灰头土脸进出呢，可能人家就等着了。走出大院子的门，她回头看，三楼她原先的办公室那里，正探出一个头来，蓬松的长卷发，是她。小葵站住，盯住她，直到那个头缩回去。小葵的胃开始疼了，可她的背还是直的。

辞职申请在三四天内就批了，相关的手续也办了，这下子，真就没有回头路了。她给庄东明打了电话，说了辞职获批事，也说了到田雷的宁波新公司上班事。庄东明在那头稍微犹豫了一下，说："田雷和我已经说过了。他要给你租的住房，和我们就在一个小区。其实，你住我这里也挺好的，这里还有间客房空着。我下个月就要出发去援疆，这是最近定下来的事情，浩浩得辛苦你带了。"

小葵挂断电话，愣怔半天，前前后后想了一通，不是滋味，仿佛上台演了一出慷慨激昂的戏，末了回到晦暗的后台。她的社会地位，被自己给端了，她以为的新出路，也许真的只是一种收留？原先家庭系统的齿轮里，还少不了她这位尽责的母亲，仅此而已，庄东明这番话说得很明白。

小葵用双臂抱紧自己，她对自己说，拜托，拜托，不要攻击我，不要攻击我。正是黄昏时分，下班的，放学的，人群在拥进小区，身上都还穿着厚厚的冬衣,小葵看着还是替他们感到冷。她在发抖。

小葵还是先住进了田雷给租的房子。她住小区东,浩浩他们住小区西,步行还是有段路。好在她去年考了驾照,买了辆二手车,足可代步。

她一来,接送孩子的事情就落到了她身上。说起来也是顺路,不过是上班的时候先送浩浩。她想让浩浩搬过来住,也方便照料食宿,可浩浩摇头,说他得管家,"要搬呢,妈妈你搬过来我就放心了"。有什么比浩浩的放心更要紧呢?过了正月,庄东明一出发,小葵二话没说就搬了过去。那个中套,田雷说留着就是,就当是公司在宁波的一个落脚处,他来宁波的时候,就住那里。这样,小葵就得经常打理两套房子,累是累了点,倒也安心。

浩浩绕着弯儿讲,有个年轻漂亮的阿姨常来找庄东明,这回听说是一起去的。小葵听着,心里也没起啥波澜。也许,他们的婚姻,早几年就慢慢枯掉了,彼此间连股"要证明给你看看"的心气儿都没了,只是面上还互助,意外来了阵狂风,一吹就散了。她也没想过将来再求复合,看来浩浩也没抱希望。"我认识了一个新同学,他爸妈也离婚了。他说,一般都是爸爸先去结婚,妈妈都不大着急。"浩浩有一回这样和她说。看他说得坦然,小葵也就当他是大人,说道:"女人只要经济独立,心理上也就更容易独立,再上了一定年纪,轻易看不上新的人了。身边有个孩子能说说话呢,就更懒得想再婚这事情了。"话出口后,她自己一惊——她还当自己在每个月都有稳定收入的体制内啊。往后，要想经济独立，自己就得十分用力。

去接浩浩上下学，她总尽力穿得登样，看看人家妈妈开的车，她盘算着，要么过几个月也换辆新车吧。只要和孩子一起看这世界，她就不孤单。只是，她不像别的妈妈在校门口等待的时候顺便社交，她总远远地一个人站着，风衣紧紧掖住，长头发披下来，棒球帽也压得低低的。这个春天阴雨连绵，又遭遇了好几场倒春寒，还有北方的沙尘暴南下。气象部门说，雨量是往年正常值的两倍，倒春寒又是十五年才一遇，罕见的沙尘暴呢，让学校里咳嗽生病的孩子增多。看儿子在人群中出现，穿得鼓鼓的，撑着大雨伞，小葵总会心生怜惜，继而又觉得幸运，无论如何，我在这里，我在照顾他，这是最重要的了。

公司的事，她都跟着田雷的安排在做，一开始就懵懵懂懂签了一堆文件，看着自己成了这公司的法定代表人，但毫无实感。和厂子一起并过来的还有一班老员工，车间方面，有生产厂长盯着；外贸这块，也有一个多年职员在跟单、报关；连财务，用的也是原班人马。田雷在收购后给大家都加了一成工资，人心是稳的。小葵的作用，就是整体性把握这个系统，协调统筹，这是务虚的一面，也就是用来定义这个职位的堂皇文字。实际操作的是，支票和合同上盖的章，都是小葵的，每一笔钱款进出，也都得小葵签字——这些面上的东西，小葵上手很快。

公司自己有车间做产品，同时走欧洲的商贸，业务量不小。厂区也不小，除了厂房，早年还圈了二十多亩地，只零星建了几处仓库，空旷得很。田雷找了一个本地朋友帮着小葵，用区域内的工业用地最低价每亩二十五万补交了地价，虽说一下子付出近六百万，但土地确权是早晚的事，付了钱，这权属就稳稳在手，长远看，稳赚。小葵看过当初转让时的估价，只有厂房和设备，根本就没算进这土地，前任怕是熟视无睹吧？这个，怕也是惯性使然，早几年，大家都没这意识，工业用地嘛，能用就行。田雷的眼光好，他能看到价值之外的隐藏价值。

初始阶段的任务完成之后，小葵也算是入了门。接着该做啥？欧盟准入水产品的标准相关法规、出口海关建议的一些企业管理办法，如果要对应这事实上的公司高管的职位要求，小葵就该钻研这些。可这就得潜下心来，既得追本溯源知道自己的企业在哪条供求线上，也得未雨绸缪预估水产品贸易的中长期大致走势，千头万绪，最后还得归到这个公司的眼前经营上来，这才是小葵想象中一个"高管"应该有的技能。可小葵的兴趣点却走偏了，看看自己的客户有法国的、德国的，对学语言，倒有了跃跃欲试的心，咿咿呀呀地就学起语言来。这兴趣，强到她要端起架子劝自己，既然已经辞职了，就不可逃避。好多人一生都在逃避，不务正业看似是快乐的。可这是财富自由之后的活法，小葵晓得自己是没这条件的。

田雷会收购这家厂子，一半是看中它有出口欧盟的水产品证书，工厂自有一套完整的质检系统。他再三叮嘱小葵赶紧熟悉这一块，掌握那些指标和实际产品、生产流程之间的关系。"一定得盯着，否则，货运到欧洲再退回来或被销毁，后果不堪设想，有时候一家企业就会影响一个地域甚至一个国家的出口，那可就是千古罪人。"田雷这样反复叮嘱小葵好几遍。他还说到一起当年可算是国内一大新闻的事件，二〇〇一年一批从舟山出去的一百万吨冻虾仁，在欧盟那边被复检出了含有十亿分之零点二克氯霉素，这数值小吧？微乎其微。可是，标准是"不能被检出"啊。于是，这批货全被退回来了。

"多亏后头几年，舟山人到欧盟发起了行业诉讼，企业自己又一再自查改进。好不容易，这一区域所有企业重整旗鼓，虽然当中有小曲折，但势头总体向上。势头的营造不容易，涨起来是势头，跌起来也一样。我们一定要珍惜眼前好势头啊。"田雷长篇大论，又说，"以后你会明白，做生意，赚钱自然是目标，但整个过程，就是承担各种各样的责任，大大小小绵延不绝，你睡着前的最后一分钟，眼睛一睁开的第一分钟，它们就都排在你眼前，清清爽爽。"

人总难免高看自己在做的事吧？田雷说着这些，脸上放光，金灿灿的，那是一个小个体自觉融入一个大场域后的光彩吧？小葵无从体会，对于他用的那些大词，小葵倒是很有免疫力的，也就笑笑听着。田雷就是那样，敏感而又自尊，面子和责任紧紧扭在一起，他总给自己压很重的担子，他总想比身边的人活得好些。或许，这就是他成功的动力吧。

财务部主管朱总是这样看田雷的："是个很会抓时机的人，步步都走对。问题是，他真的能脚脚都走对吗？"田雷要是听到这个评价，不知会作何感想。这是朱总和小葵相处三个月后，才和她说的。厂子里最大的办公室，小葵不用，给田雷单独留着，她和财务部主管朱总共用一个办公室，说起来也是便于工作。两个人对坐久了，难免一不留神就臧否人物。这人物目前也就两个，一个是前任企业主钱总，一个就是现任田总。原来，钱总也是农家子弟出身，白手起家好不容易有了这个厂子，却在赌桌上把这厂子输掉了，输得还很紧急，急等着付出现金才能从赌场走脱的那种紧急，田雷奋力救人一般捞出了钱总，同时也就接了这厂子。

小葵听着心惊，说："这不会是做局吧？田雷不会参与这种事情吧？他不会的。"朱总说："做局的事情，田总自然不会参与的，我跟着田总这小半年，看他还算是光明的。当时等着捡便宜的有好几个，他下手快，就是他的了。到底是不是有人做局，这个我也不清楚。钱总嗜赌，他再精明，百密也有一疏，要真有局，总有一局是他自己躬身而入的，怪不得别人。"小葵又问："那你和钱总走得近吗？"朱总说："钱总对人都不错，信任下属，放手让我们做。他是老水产了，人也聪明，我们也不敢跟他玩虚的。他身边自有一帮玩的朋友，我不在内。他说我很没趣，很适合做会计。我是很没趣啊，我喜欢一个人看书听音乐，不喜欢扎堆。"说话间他扬了扬手里的一本小杂志，小葵看着笑，这杂志她也曾订过几年，叫《爱乐》，说古典音乐的。那时浩浩在学钢琴，她觉得自己该补点这方面的知识，也算给自己启蒙。朱总也笑了，说："以后我请你和浩浩听音乐会。我们听正宗乐队的，启蒙阶段，很要紧的。"小葵顺便就拜托他找一下好的钢琴老师，暑假里去上几节课。浩浩一上初中就把钢琴课都停了，实在可惜。

朱总比她小五岁，单身，收拾得干干净净——做会计的大多会有整洁的外貌，即便是男的也如此，西装就是工作服。小葵也新置了套装，搭配薄羊毛或真丝连衣裙，总也在正装的范围里。他们俩这装扮，下班就直接能去听音乐会了。小葵这样说过，也算自嘲。朱总听了也笑，摸摸自己的头发，他的头发总是一丝不苟的，也很古典。小葵疑心朱总在并购这事上，可能是田雷的内应，从中得了好处的，但看看呢，又觉得不像。对于识人，她并不是十分有把握，"你太天真了"，这是庄东明对她的评价。小葵也就这样想，不敢出口问，这是问不得的，她有分寸。

渐渐地，朱总对她也开始有所评价。比如，小葵打算带浩浩去上海看世博会，朱总说，就你这新司机，也敢带孩子开高速公路？还是我当司机开车去吧！小葵说，这怎么好意思啊？听说下半年沪杭之间就要通高铁了，不知道啥时候宁波和上海也通高铁。朱总说，你这眼光，够长远。小葵笑说，得有个盼头啊。

上海世博会之行，朱总就包揽了过去，做攻略，订酒店，没让小葵操心。虽说是赶着一放暑假就赶紧去了，可人还是多，乌泱泱的，光排队入场就花了一个多小时。近来高温天多，那一天也是大日头，小葵张开遮阳伞护住了自己和浩浩，朱总接过他们的背包自己背着，连遮阳帽也没戴，满头汗。小葵到底不忍心，也亏得这遮阳伞还算大,她让朱总打伞,让浩浩站在他前边,她立在他背后,三个人就都在伞的阴影里,近得彼此能闻到汗味和体味。凑巧朱总又碰到个熟人,人家又招手又冲他喊:"真巧!你也一家子过来了啊!"朱总也招手回应,说:"你们也一家子都在啊,长远不见了。"一边回头和小葵说,我初中同学,足足有十五六年没见了。小葵不知道说什么好,对方的老婆跟她挥手示意,她也只好同样挥了挥手,一脸用力的笑。对于这个误会,朱总似乎蛮受用的,进了世博园后,他背着浩浩的大书包,和他走得近,只差挽上手了。

朱总看来阅读面大,浩浩提出来的奇奇怪怪的一些问题,他也能回答,连非洲草原上的动物,他也能说上一二,小葵听着有几分佩服。一路上,找洗手间,找吃饭的地方,他都是稍稍观察就都找对地方了,没跑冤枉路——这一点像庄东明。"你出门就是条虫",庄东明以前这样埋怨过她,朱总看着却是很享受照顾他们母子的。浩浩逛了一个又一个馆,连小葵跟着都觉得脚酸,朱总从头到尾都是兴致勃勃。

他们说得投缘,入住酒店时,干脆就住在一起,小葵反倒落了单。那酒店和恐龙博物馆近,第二天一早,他们俩就去参观,让小葵在酒店好好睡了个懒觉。浩浩玩得开心,他们一商量,又多住了一晚,那天下午就跑去看科技馆,小葵在后头跟着,看他们尽兴玩。第三天又到思南路附近逛,那一块区域正在"修旧如旧",朱总跟浩浩说,你走过这片老式的花园洋房,学近现代史会更有感觉。逗留到下午才回程，太阳斜斜照进车里，照在他们仨身上，蜜一般。浩浩和朱总两个人又约好了下周日再一起去雅戈尔动物园玩，再下个周六去镇海招宝山，或是去石浦吃海鲜也行啊，仿佛以后都要这样一起玩下去了似的。朱总还说，你可以邀请一两个好朋友一起去，叔叔开车接送你们，陪玩陪吃。

对这些，小葵感激，空口说感谢那是太轻巧了，就特意去鄞州的银泰百货买了只手包，让专柜销售小姐仔细包装了。初时没留意，等拿到办公室准备给他时，才发现这银色的包装纸满铺着一颗颗隐约闪烁的小红心，要迎着光才看得清楚。朱总接过去就先端详了这包装，小葵只好赶紧别过脸去，听朱总带笑连声说谢谢。

那之后，小葵莫名就有点把这办公室当家的感觉。两个人同处一个相对封闭的空间，也许难免会亲近起来吧。他来得早，等她到时，办公室的空调早就开好了，一进门就冷丝丝的。浩浩不用上暑期补习班的空当，也爱来这里，静悄悄做作业，数学难题，朱总也能辅导一二。毕竟这是小葵自己的公司，厨师长还特意来问浩浩想吃什么，做好了装了托盘拿上来。

这个暑假，浩浩过得惬意，他跟小葵说："妈妈，我喜欢你的公司，也喜欢朱叔叔。我觉得吧，他喜欢你，所以喜欢我，爱屋及乌嘛。"小葵说："你呀，都想些什么呀！朱叔叔比我小五岁呢，人家从没结过婚。你这样说，会把他吓坏的，可千万别在他面前说。"浩浩愤愤道："我当然不会在他面前说。你当我白痴啊？小五岁怎么了？你看着又不老。"小葵听着笑了起来,现在的孩子,真是。

孩子的想法让小葵惊讶,老人的行事方式,也让小葵吃惊。有一天,朱总的妈妈来了办公室,她看着和阿姆差不多年纪,也染了一头过分乌黑的头发,但她的身姿挺拔,面容显嫩,眼神坚定,世界似乎尽在她的掌控之中。"我正好路过,就想着来看看你们。"她神态自若地直视小葵说,"刚退休,真不适应无事可忙的真空状态啊。"小葵熟悉这种姿态,那曾也是她向往过的风度,她忙说:"欢迎欢迎,我这就带您看看我们的车间,请您多提宝贵意见。"

朱总一脸尴尬跟在她们身后,到车间时,生产厂长老远迎上来,恭敬地称呼朱妈妈为"柳局长",朱妈妈伸手相握回礼,侧脸跟小葵说:"我的姓是柳宗元的那个'柳'。分管这一片时,我来过你们厂好几回。"前柳局长巡视得认真,建议也给得认真,小葵连连称是,拿出随身小本子,记了下来。送走她之后,朱总长出了一口气,说:"真不好意思。"小葵笑着道:"没事。她是你的妈妈呀。"两人相视而笑,朱总道:"有权威感的妈妈,会收获一个很叛逆的儿子,我呢,我好像一直在叛逆,对吧?可有时候想想啊,她还是牢牢把我抓在手里。真的,我很羡慕你和浩浩的关系,我要是浩浩就好了。"小葵正喝着玫瑰茶呢,差点就喷了出来。

台风季来临,朱总在办公室接到他妈妈的电话,多是天气预报,叮嘱厂子里要做好防台工作,说得还挺细的。朱总直摇头,小葵倒是从善如流。"圆规""玛瑙""莫兰蒂"这些台风陆续来,又软弱退场,高温不减，倒是让大家的对抗台准备有所松懈，直到八月三十日那天大暴雨来袭，事后新闻说受灾情况："市区五十多条道路被淹，六十多个小区进水。"小葵的公司整个厂区都有惊无险，只有几处漏水。附近有大意的厂家，损失就不小。为此，小葵特意打电话去谢过朱妈妈。"我会继续关注的。以后有啥困难啊，你尽管找我。"朱妈妈在电话里说，小葵这边连声应着。朱总笑道："难得你们这么投缘啊。我妈还是蛮有能量的。我外公是南下干部，我妈也算是承他衣钵，得了真传。"小葵好奇："那你怎么不走你妈妈的成长之路呢？"朱总笑道："你这话问得奇怪，自己从体制中辞职出来的人，反倒来问我为啥不进体制。能有什么原因呢？不过就是叛逆罢了。我要靠我自己，我喜欢简单的数字。不过，这是面上的说法，其实呢……这个太复杂了，我以后说给你听。"小葵也就趁机转了话题笑问道："那要么我认她做干妈吧？"朱总说："这可不行，真的不行。"说这话时，他眼中春光荡漾，小葵只装作没看见。

　　好日子过得快，转眼中秋。朱总送了她两盒月饼，是有一回浩浩电话里说想吃的流心奶黄馅的。她送了他一条领带，和他的西装一个牌子，送出去才觉得不妥，又不好讨回来。他倒喜欢，天凉后，要么不系，要么系就系这一条。他又回送了她一个礼盒，润唇膏、身体乳和护手霜，淡淡地在她面前拆了外包装，说是商家买一送一，一道用吧。小葵这回熬住了，没有回礼。有一回，他网购了两套户外睡袋，搭配地垫的，他也说买一送一，一套给她。她多少有点被骇住了，那两套东西到现在还戳在办公室墙角没拆封——两条圆柱体，依偎着靠在一起。

除了臧否人物，他一向不多话，一大半是忙，小葵身为他的上司，更不好意思将自己降格为爱八卦的大姐。在一定程度上，是他在培训她。对他主管的这一块，他最大的抱怨是这样的："葵总，明年的财务计划，您和田总也说说，得给我们留点后续经营的钱。他摊子铺得太大了，今年银根在收紧，融资不易，他大概就把我们这儿当提款机了。做实业赚的是稳当慢钱。他这样总是把钱转到房地产那块去，这弄得不好，是要'吃生活'的。对了，听说他开始做他根本不懂行的生意了，比房地产更不靠谱……"

得了机会，小葵也当真在电话里和田雷说了这事，田雷在那头支支吾吾，明显有些不大开心。做实业来钱慢，他怕被这个快速转动的时代给甩下去，他就紧跟着热点，做了房产，也跟地产，也跟石油，还跟了电影投资，说是专做后期的，稳赚——对了，这个做后期的电影公司已经在等上市融资了，这事，也十拿九稳的。这些信息，一半是小葵和田雷通电话时听他说的，一半是追踪钱款去向得来的。从小葵公司出去的钱，朱总都做了借款处理，田雷借的，都有欠条。朱总抖搂着这沓借条，笑说："葵总，田总他是真的信任你。"

这话是夸奖呢，还是调侃，或是猜疑，小葵不得而知。朱总已经绕着弯子打探她和田雷的关系，小葵也已婉转告诉他，她和田雷简直就是异姓兄妹，她的心思都在儿子身上。她本不用解释的，可不知怎么,还是回应了他。

有时候,小葵觉得,朱总有点像庄东明,他们都爱指导人,再细观察呢,朱总也不是对谁都这样,他并不爱多管闲事。朱总说:"你该多下车间去转转,多看看,心里才有数。严格意义上,你是这公司的法定代表人啊。"他说的也是真的。入职时,第一件事情就是全面接收,田雷让她全权负责,连法定代表人,也是她的名字。小葵起初觉得这是对她的信任,可从朱总的话里听起来别有一番滋味。看着挂在墙上的执照里自己的名字,细品拥有一家公司的感觉——即便是错觉,也还是很丰盈自足,有一个刹那,她像是看到了被油灯放大到墙上的影子。

又有一回,他说:"不定时去车间,比定时下去更好。你别给他们摸出规律。"可能是为她着急吧,都过去大半年了,看她还是像个新手的样子,满足于理论面上的一知半解。小葵也知道自己这样子不够上进,可是,不知道为什么,她总觉得自己是个摆设,既如此,那她还需要负起责任来吗?那谁是负责任的人呢?田雷啊,或是庄东明,这样想,她的心里有几分悲凉,天气渐渐萧瑟起来,往事也纷纷涌来,特别是她苦读的那些岁月,她拿它们做了进体制的敲门砖,此刻砖破人走,那些点滴,就更让她心疼。

但她还是听朱总指点,每天不定时地出现在车间里,巡视一圈,看看今天和昨天有哪里不同。在这样的调研下,她让生产厂长重新制定了进出冷库的安全规定,修好了那扇据说总是会出故障的冷库门——万一哪天不凑巧坏了，是会冻死人的。她还给工人们配备了保暖的服装，叮嘱进冷库务必要穿好。再有就是整治厂区环境，她不做花架子，实打实地从源头上去除鱼腥味，虾壳蟹壳处理干净给做甲壳素的工厂收购；那些没用的鱼虾杂碎和内脏，让做园艺的来收走去做肥料，免费的。她还让人在空旷处支起了好几把大遮阳伞，放上户外桌椅，让工人短暂的午休也好歹有个休闲吹牛的地方，有时候，让食堂送一点饮料或是小番茄之类的水果过去，也算职工福利。有一回，一个年轻女工拦住她说："葵总，你是好人，我们都喜欢你。我们会为你好好做工的。"小葵猝不及防，不由得脸红，轻声说道："谢谢你啊，只要生意好，争取明年再涨工资。"有几个上了年纪的女工，更是不见外地跟她说家里的窘境。小葵听着，大致情形和她那岛上的一样，渔业转产后，渔民的出路在哪里，真的是个大问题。小葵渐渐觉得，这个厂子里的工人就是她的乡亲，他们需要她，这种感觉，让她觉得愉悦。

　　对于这些变化，朱总也跟着有了成就感，他说："其实啊，这些建议里，有一些是我妈妈给的。"小葵一惊，问道："柳局长这么上心？真想不到。"

　　"她呀，没事就爱琢磨。她还有一箩筐建议呢，我只挑了几条来。我也反馈了你的落实情况，她很满意，好几次夸你了，说你将来会是个真正的企业家。"朱总的语气里透着隐隐的骄傲，不知道是为他妈妈呢，还是为小葵。

　　小葵莫名脸上发烧，待要细问，却还是忍住了。

四

田雷总在忙碌中，要关注的事业实在太多，要经营的圈子也很耗精神。田雷对她，也算无为而治，除了从厂子拿钱，其余就都不过问。朱总对他们关系的猜疑，真没眼力。一个专心于事业的人，又有家室，对于恋爱，也许会逢场捎带吧，哪会有闲心特意去谈，伤筋动骨更是不会，而且，说到底，一个好的合作伙伴比什么都宝贵。

对于这公司，小葵任由自己的法定代表人"错觉"蔓延，诚心诚意操持始末，远比不负田雷所托走得更远。田雷能从这里取走更多的钱，她就似乎因此更有价值，但转念又觉得这样并不全对。她到底应该怎么做才好？她在纸上写写画画，把自己的心思画得弯弯扭扭，密密麻麻。但无论如何，她在做事，她有自己的价值，她肯定她自己。

这个秋天很漫长，迟迟不肯入冬，某日黄昏，田雷从杭州见过一帮影视投资的合伙人回舟山，半道上，特意从高速公路下来，到象山绕了个弯，给小葵送来一箱活蟹。他们难得一起吃了顿晚饭，浩浩去自己房间做作业了，他们俩还在餐桌上对着一堆蟹壳聊天。田雷还是聊他的各种投资，兴头上，顺带贬了一下朱总，说："他这个人，一点冒险的雄心也没有，只好一辈子做会计吧。"小葵面上一沉，就听田雷笑道："你可别和他日久生情，我已经帮你相中了一个好对象，新近丧偶的一个企业家，和你很配，你嫁了他，就啥也不用愁了，完美翻身，气死庄东明。"小葵正色道："这方面，我没心思，你不用管。我看朱总说的也有一定道理，他也是为你着想。人嘛，各有各的活法，有的人就想稳稳当当……"

田雷打断她道："一心求稳的话，我现在就还在我们岛上呢。你呢？你就还窝在你的单位里。你看，我们都是拥抱时代的人！这时代好啊，开放，做全世界的生意，千载难逢，过去了可能就抓不住了。在眼前的机会，一定抓紧。你看，我一步一步走过来，没踏空吧？继续当乡长呢，还是下海收购我们乡的集体企业？我选了收购，赚到我的第一桶金。我是待在我们的小岛，还是去往本岛找风口上的企业？我出岛了，我找到了水产行业，我赚到了钱。可我应该满足了吗？前年，我问过自己是否要收手。怎么能收呢？走出舟山，看看这个世界，我还能做很多事情啊。我现在这样子，把风险装在好几只篮子里，比单发展一样事业更保险。至于资金，今年是比去年紧了，可这肯定是暂时面上收一收，我和银行的人关系不错的，他们也不会为难我，况且，还有各种民间借贷呢，你放心，我有办法旋转乾坤的。"

他越说越兴奋，最后还单手叉腰，做了个哪吒的造型。小葵不由得笑了，也将两只手伸到头上，做出龙角的样子。那是他们童年的把戏。在村头晒谷场上，看彩色动画电影《哪吒闹海》那一晚，让人永生难忘。过后很长时间，他们那些孩子，在海边泥涂上扮演各种角色。"神仙也是凡人做，只是凡人心不坚。"这是太乙真人说的。田雷就是不想做凡人，他扮哪吒的时候最多。

"要么，我今晚住下吧？"田雷打了一个哈欠，眼神闪闪烁烁，"想不想仔细听我的传奇故事啊？我还能讲很多。"

"哎呀，那套房子的被子好久没晒了。"小葵答得认真，"你要是昨天和我说就好了，今天太阳很好的，可惜了。"

"算了，算了！我也没喝酒，我就开回家去吧。"看田雷悻悻作罢，小葵才回过神来，却依旧绷住了，没改面色，笑道："赶紧回去吧，嫂子那边肯定等得心急了。"

黯淡路灯下，小葵看着田雷那辆闪亮的黑车开出了她的视野，向那蜿蜒在夜海上的五座大桥疾驰而去。那一晚，小葵不想哭，可眼泪还是瀑布一般涌出。可又有什么好责怪人家的呢，自己从前都做过那样的事情了，田雷知道的，他知道你现在也会做，他现在不就是你的依靠吗？这逻辑，也没问题。

第二天送儿子上学，她戴了副墨镜，说是角膜发炎害红眼了；到办公室，也这么说，到了下午，才脱下眼镜。朱总凑近来看，说道："这是哭肿的。眼睛好好的，眼皮肿。"小葵恨声道："就是哭。关你啥事？"朱总默然走开，坐在那边半天不响，小葵过意不去，走到他身边道歉。原来他也在流泪。小葵心头一紧，抽了张面巾纸给他，说道："对不起，我心里难受，冲你发火了。"朱总接过去，问道："谁欺负你了？"这话，小时候，田雷也这样问，他问明白了，还会跑过去教训一顿人家。这一回想，倒把半夜的凄凉给暖了回来，她长叹了一口气，跟自己，也跟田雷讲和了。她笑道："我自己欺负自己了，自作自受，自作孽，不可活。"

朱总和田雷对彼此的评价，小葵自然不会转告。她对他们俩，也有自己的看法，无论如何，他们俩，现在都是她的依靠。为什么一定得有依靠呢？只因为自己是个女的？她为此自责之后，却又自我排解，男人做事，一样要找依靠的，这就是社会性吧？社会里的依靠，铁定就是社会性。谁能孤零零一个人面对这世界呢？有一日，我也能成为他们的依靠。小葵总是能把自己抚慰好，把自己安顿在日常里。不这样，又能如何？

日子一天一天过，"会计年度临近终了……"有一日，朱总这样开口。小葵截话："得，我们说人话，就是二〇一〇年十二月快到月底了。"

朱总摇头道："用词要专业，行事要专业，我们这行当，就得讲究。"

其实，十二月才到中旬呢，小葵正打开电脑，看门户网站上广州二〇一〇年亚洲残疾人运动会的新闻。说起来惭愧，朱总比她更在意这家公司的财务独立状况。进了十二月，小葵就听他和田雷那边的会计主管通话频繁，大意都是田雷挂在这里的欠款该怎么处理。"要是田总还想让我们保持财务独立的话，这些借款，我们就得想办法处理。"他们俩就在电话里商议，还没进库存的在途货物有多少，已进库存未转成本的货物已有多少，多少不得不打进销售，多少可以直接调库过来。"我会做个计划书请葵总审核签字的。"这是朱总的惯用结束语。

那些计划书,小葵仔细看下来,都是尽力向着小葵这边筹划的。朱总笑说:"你看,我对你多么忠诚啊。"小葵笑道:"不是吧?是你对这个厂子有感情。我才来这儿一年不到呢,我也有感情了,别说你了。我们有我们自己的经营,还有跟着我们做的那么多工人。我们是活的,我们得生存,不只是田雷输入密码就可以取钱的提款机啊。"朱总捂住胸口说:"难为你了,既要效忠于田雷,又要忠诚于我们……"小葵笑道:"这样说,明显见外了嘛。"

年底逼近,朱总忙着年度关账前的各种账务处理,一边哀叹三四个月之后是还贷高峰,到时候资金不知能否周转得了。现在账上的流动资金,只够支撑到下个月。从田雷公司转过来的原材料,小葵和生产厂长一道核对过了,对版的,可从原材料制成产品出售到回款,这周期,三四个月是乐观估计,半年一年也正常,当中又有春节这年前年后的耽搁,那只是远水,这近渴又得怎么解?朱总有点心烦,满嘴咕咕哝哝,小葵只好装作没听见。

那日快下班时分,朱总接了一个电话,用免提接的,田雷在那里说让他急转一笔钱过去。朱总说:"好的,不过我得等葵总回来,跟她汇报,再请她签了字,才可以转。"小葵那时就在办公室的,惊讶地看着他演戏,虽不知为何,但她还是赶紧配合,给自己的手机设了静音。朱总把手机放到桌上,免提之外又开了录音。田雷在说:"我这边急用啊,你听我的就好了,小葵也得听我的,她是我挂名的法定代表人,这一点,你该清楚吧?"朱总毕恭毕敬地回道:"好的,现在我知道了，田总您才是这公司的实际经营人，杨小葵只是挂名的，我得听您田雷总的，对吧？"田雷在那头不耐烦了，说："是啊，这个也需要我明说不成？本来就是这样的啊，小葵自己也心知肚明。"田雷的声音里，透着小葵从未听到过的疲惫和烦躁。朱总这边，也比往日更谨慎和敏感，甚至，刻薄。

朱总挂了电话，让出纳给转了账，就又跑回来，先把这录音听了一遍，和电脑联机，做成一个音频文件，存起来，通过邮箱发给了小葵。他直愣愣看着小葵的眼睛说："这叫防人之心不可无，我这是为你瞎操心，但愿我只是瞎操心。你可千万别和田雷说这事。你知道田雷身上有多少负债吗？资产未必能立刻变现，负债可实打实要现金还啊。你得和田雷有切割。"

这一激灵，小葵才真的醒了过来。

从那天起，她开始留心各种求职信息，条条框框一比对，在求职市场上，她都处于劣势。一般的职位，头一条就被年龄给框外头了；高管这类好职位呢，得证明她是有好手段的。可她拿什么证明呢？现在的一切，证明自己不过是田雷的影子罢了。她得真的是个有价值的高管，将来才好去寻一处体面的立足之地。

好在朱总热心。在这厂子有六七年了，又跟着前任企业主经历过被收购的风浪，对于经营，朱总有自己的想法，他也愿意跟小葵分享。他们俩在一个办公室，也就认真学起原先小葵就想学的那些东西来。对于税收策划，两个人也各有些自己的观点可以讨论，一来二去，就颇有些志同道合的况味。说话时，两个人挨得近近的，有不经意的耳鬓厮磨时刻，有避不开的四目相对时分，小葵总是绷住了，使劲降伏从脚底直蹿头顶的那股热流，她晓得这是什么。

只有在浩浩身边时，小葵才放松下来，真切地触摸到日子的柔软质地。除去上班，照顾浩浩，让他吃好穿好，检查功课，陪他聊天，再加上一接一送，忙过这些，每日勉强只有一个小时不到的时间用来独处。

她住的是客房，小而窄的一张床，跟学生时代寝室的床差不多，她侧着身子躺进被窝——它就跟江南海边的冬日一样，有股入骨的寒湿，她得用自己的热身子将它烘暖。这样的时刻，白天办公室的氛围，就会弥漫过来，暖融融的，毛茸茸的，裹住她的全身。这封闭的世界，任由她起心动念。她已经将办公室的门都紧锁了，那房间防盗安全级别高，门厚墙厚窗高。她领着他，将立在墙角的睡袋和地垫放倒、展开、铺好，铺在那排储存账册的柜子和后墙之间，接着，她密密实实地想下去，不放过一个细节。她咀嚼着回味着涌动着，直到潮水把她淹没，她奋力把头仰到波面之上，急促呼吸，她都怕把自己给憋死了。白天再看到他的时候，眼神多少会有些恍惚。一切虽都在正常的区域里头，可多少有些不自在，她下车间去转转的次数，就渐渐多了起来。他倒以为是她听了他的建议，等她回来，就会细细问她有何感想，不时点拨几句，内行贴心，到最后还不忘自嘲一句，不好意思，在你面前，我总是话多。他说的也是实话，他确实和别人话不多，他接电话都是有事说事，说完即止。

有一回，午饭后，她先去车间巡了一遍，看看上、下午两个班之间有啥要注意的。等她回来坐下，他就先去关了办公室那扇厚防盗门，捧来一杯红茶，放到她手里。小葵手上热乎乎的，心头一阵狂跳。

他问得很直接："如果我向你求婚，你会答应吗？"小葵愣住了，回道："你爸妈不会答应的。"

"我问的是你。爸妈那边，是我的问题，我会解决。"朱总又笑道，"还有，我妈很想做个女企业家，她一直没做成，我帮她娶一个，她会开心的。况且，这一阵子，你们不是处得很好吗？"

"哪儿跟哪儿啊？这是两码事情。求婚，这样严肃的事情，哪能在午休的时候问啊？别开玩笑！"

"那什么时候问？"朱总又走近一步，贴在她身边。

小葵慢慢将身体靠进他怀里，双手揽住了他的腰，轻轻拿脸蹭他身上的薄羊绒衫。他撩开她脖颈上的头发，温热的手心在她后脖子上摩挲了一会儿，沿着脊椎骨探下去，松开了她胸衣的后搭扣。梦境开始侵入现实，而且，他所做到的细节，比她想象中的细节，还要饱满强劲。这虽然是一份带着求婚意味的结合，可审判的眼光依旧高悬在上，在天花板上游动，这让小葵愈加敏感和疯狂，脑海里莫名呼应《女武神》的前奏曲，低音弦乐器奏出一连串由弱至强的音阶，暴风雨即将来袭。似乎，真有一个指挥在协调他们这支两人乐队，铜管锐利的音头敲打着他们，命运的宝剑寒光凛凛，他们只有拼命厮杀，才能在乱军阵中辟出一条生路来。

很长时间,他们都不能回过神来。

上工铃声从车间里隐约传来的时候,他们才把卧具归位。两个人都懒得说话,喝了壶里保温着的红茶,他点上了一支烟,给她也点了一支,她接过来,以她曾想象过的抽烟姿态,懒洋洋吸着。

"我找了份新工作,离我们公司也不远,公司副总,主管财务和税收筹划,差不多就是你现在的职位。我不想和我的上司结婚,我就只有先离开不做你的下属,再和你结婚。这话有点绕。抱歉啊,我们这年纪,我就直说结婚不说恋爱了。"

"我怎么感觉我在一部言情小说的情节里。"小葵慢慢将自己的脸揉松了,笑道,"没有你,我可怎么面对这个厂呢?"

"所以我更得赶紧走啊,不能把我们俩都和田总绑在一起。"

"那,你什么时候离职啊?"小葵心头一酸,渐渐对这件事起了实感。久违的性事让她的身心都有些失重,他要离职这事,一下子就把她拉到地面上。哦,原来,这是在告别啊。

五

二〇一一年元旦之后,朱总就正式离职了,小葵开始叫他的名字:朱见鹤。接着,田雷也玩起了隐身,小葵打电话过去,振铃声无望地响上半天,没人来接。难得接通了,田雷的声音也恍惚得很,有时太过兴奋了:"这一批石油到了!我的账上进了多少钱你知道吗?你想都想不到。"有时又低落得很:"你先给我转一百万?怎么会没有呢?你说我石油上赚的钱呀,又去进石油了呗。对,电影后期上的钱还在投入,再有三四个月,撑过去就好了。房地产?房地产都在观望啊。股票啊?不能割肉,这就快涨了,快到地板价了,我再撑一把。"

小葵无所适从,也无所依靠,也就只有硬着头皮自己决策。好在股市倒是在辛卯年年前涨了,果真要冲开门红。这下总能松口气了吧?可田雷依旧慌慌张张的,轻易也找不到他。

她的日子不好过,她比任何时候都感觉到自己真是一个女企业主——是的,这是朱妈妈的叫法。幸亏有去年年末从田雷那里拉过来的一批原材料,否则真没有资金去周转购货;还贷高峰即将来临;新年始,旧历终,工资和年终奖,也得发。偏偏欧盟几家客户回款缓慢,说是生意不行要压缩订单。她不知划破了多少张纸做预案,怎么着都是难。好在,另有一桩可稳步推进的事来缓解忧虑,小葵正与产业区里另一家水产出口企业一起,准备走日韩方向的出口——兴许是去年三月福岛大地震的缘故,水产品出口需求比之前旺盛。如此,过卫生检疫标准,做原产地证书,事情一件一件安排着做,倒也显得踏实。摸着石头过河,这个春节,居然也让她撑过去了,简直是一个奇迹。

朱见鹤的原职位,由先前的助理会计小谢顶了。她在这个厂也有四五年,业务熟,上手快,偶尔打电话去请教朱见鹤,开口就是"朱总",语气恭恭敬敬,有时候简直太客气了。小葵本想找机会从小谢那里打听点朱见鹤的往事,可惜小谢现在还兼着助理会计的活,整天忙着理凭证,头都很少抬起来。一起坐了一个多月,加上春节后刚开工的慵懒氛围,两个人有一天终于也闲聊起来。小谢问她:"那你们打算啥时候结婚啊?"小葵一愣。小谢又说:"朱总嘴硬,前几年我们给他介绍女朋友,他说他是宽松的不婚主义,碰到喜欢的呢,就结婚,碰不到,坚决不结婚。他这几年啊,也谈过几个女朋友,都是无疾而终。到了您这里,就算被您收服了。听说,他做饭做得不错,是这样吧?"

小葵不知道该怎样接话,只好倒着问小谢有男朋友了没有。小谢大笑,说:"葵总,我孩子都两岁了,公婆和爸妈轮着带,没我啥事。我看着像没结婚的对吧?"

小葵大吃一惊,说:"真的看不出,看不出。"

回到家里,她说起这事,朱见鹤也笑了,他说:"我喜欢你这件事,旁人都看得出,就你不知不觉。这大半年我追求你,也够用力了——现在谁都知道我唯你马首是瞻,少你不得。"

两个人还在甜蜜期,朱见鹤索性在他们母子的住处楼上也租了一套房子,每晚,小葵等浩浩睡下后,就穿着布鞋上楼,亲热一番,再悄悄下楼。小葵是过来人,已经体会过婚姻中的倦怠是啥情形——两个人躺在一起像两台熄火多年的退役机器。她宁愿事后溜下楼来,宁愿被他出声埋怨,也不想太快进入家常状态。可无论如何,家常的气息，还是越来越浓了。有一天，朱见鹤让她见了他的秃顶，原来他长年戴着假发——怪不得世博会排队那会儿出那么多汗。小葵一丝也没露出诧异或好笑的表情，早秃的人是有的，况且他的头型也不难看。她说："这假发，冬天嘛，我们当帽子戴；到夏天，就不要戴了，你若自己不习惯，戴顶凉爽的薄运动帽。你的头型真的蛮好看的。"她说着吻了吻他的头顶，他就抱紧她，要把她塞到他肉里去一般的紧，紧到两人都疼了，才松手。

小葵也说了她被离婚的理由，差不多和对阿姆说的一样，朱见鹤怒道："是在年会上发生的事吧？就是有这样的老男人的！我们前面那个老总就专挑这个时节把大家都带出去开个宾馆，他好对有些姿色的人妻下手。这种时候大家都喝点酒的，后来连想斥责他都难说出口……"小葵本想说不是这样的，局长那时候不是老男人，她自己也有责任。可她到底没说出口，因为羞愧而落下的泪水，让她更觉得羞耻。朱见鹤帮她擦了泪水，紧接着着实温存了一番，像在用力证明自己在这方面全无芥蒂。朱见鹤本就没有对她抱冰清玉洁的期待，她这样自曝其丑，也是断了很多后患——万一哪天庄东明或那个女人来闹事呢？她受不起更多变故了。但也许，她就是想把自己的事情搅黄吧？或许是吧，她自己也看不得自己好。

婚嫁事，顺利得出乎意料。朱家父母见面礼是只翡翠镯子，种老，水头也好，飘绿也正，说是家传的；还说让她有空一起去金店挑新款的"三金"，这仪式感就来了。小葵说，最近经济不稳金价飙升太快，等等吧。朱妈妈就说，家里有现成的金饰，要是你不嫌弃呢，从中拣几样也行的。小葵自问换作是她，浩浩找了像她这样的女朋友，自己的第一反应必定是先要反对的——成不成另说。还是找个时间和朱妈妈聊个天吧，得把话说开了。想是这么想，小葵拖着不做，毕竟难开口的。"这周末外公外婆请我们吃饭呢。"朱见鹤一脸愁容这样和她讲的时候，小葵就大松了一口气，也跟着深吸了一口气，那么，时间到了。

那天，朱见鹤带着她进了山脚下的一幢小楼，外墙上爬山虎罩了半墙，新叶油亮。小楼带着一个小院，墙高过人，外门虽是普通白铁门，却有两边上翘的黄色琉璃瓦门头，侧壁靠里处钉着一只绿色的邮箱。朱见鹤有钥匙，开门的时候，小葵看他有些手颤，本想笑他的，转念一想，这不正说明他看重她吗？不禁眼里一酸。院子里有一棵红枫，一棵银杏，再就是盆栽的低矮草花，像是有人来按季轮换的，一色黑色塑料小花盆装着，齐齐整整摆出一颗心的形状，红心黄边。

进了室内，光线陡然一暗：窗户还是老式小窗，又拉着一层白纱。来迎他们的是一位红衣女子，叫着朱见鹤"哥哥"。那么，就是朱见鹤刚才车里说过的他小舅家的女儿，刁蛮公主，也离婚了，孩子归她，目前依旧单身。她叫过朱见鹤之后，对小葵笑了笑，只不过向两边牵了牵嘴角，小葵也回笑如仪。看来，今天不会是和朱妈妈聊天的好时机，还得另选日子。小葵打定主意不多说一句话，也不多走一步路，就做朱见鹤的影子吧。

一家人，外公外婆，朱家三口，加上小葵和红衣表妹，团团坐了一桌。菜陆续不断从厨房传来，端菜上桌的和做饭的显然不是同一个人，那年轻姑娘上完菜后就退到厨房，远远地看着他们，外婆一个手势，她就会马上过来，添酒添水。

一家人在议外公的九十大寿要在哪里做，回山东老家呢还是在宁波，最后定下来还是在宁波吧，这里热闹，老战友、老部下多。到时候一起家里聚聚吧，外头饭店哪有家里做的合外公的家乡胃口。外公也就笑着听他们说话，时不时看看同样微笑不语的小葵。他耳朵里塞着一只助听器，不仔细看，还看不出来；头上一丝头发的痕迹也看不到，却也光润得可爱。外婆看着很有文艺气息，抬眼看人落落大方，好几回都和小葵视线相对，小葵用力接住了。席间外婆接了个电话，说是明天有黑猪肉送过来。

"见鹤啊，对了，见微，你也来，明天帮外婆分点去，你们张伯伯总是算着我这里有两大桌人吃饭。近来普通白猪肉的价钱涨得厉害，还难买；这黑猪肉更稀罕呢，一来就进冷冻室，那就可惜了。"顿了顿，她又对朱妈妈说，"柳晓舟，有空你也来。"外婆看向小葵说："晓舟是在舟山出生的，这个舟，就是舟山。"

小葵正待细问，朱妈妈抢先说："不用了吧，您给的那些年货，我们还没消化掉呢。我们两个人吃得有限。"朱爸爸忙说："妈，我会来拿的。晓舟爱吃东坡肉，我炖了给她吃。她是不当家不知猪肉有多行俏。"朱妈妈不理他，转头对小葵说道："我妈妈养我的那个年代，习惯这样对孩子连名带姓地称呼。我啊,有一段时间把自己改成柳红船,我妈就叫我'柳喂喂',差点就被我同学举报了呢。"

"你呀,没少闯祸。"外公终于笑着开口说,"还拉着弟弟一起闯祸。我听你李叔叔说,你们俩前年买房子,在人家售楼图纸上点一点就算下定,这也太儿戏了吧?我看报上说,人家老百姓都是连夜搬小板凳排队抢号的。你们这样搞特殊化不好。还有,听说你们几个在计划买厂,到处打听有没有待售的厂子?你呀,跟我一样领兵打仗还行,要你去与人周旋做生意啊,铁定不行……"

朱见鹤赶着说:"对,我妈天生会指挥人,在家指挥我爸做饭呢,还指挥小葵抗台,外公外婆,妈妈哪天就要来指挥你们了,那可怎么好?"

外婆笑道:"那还是我们大家一起帮着给她买个厂吧。我也凑一份好了。"

"我才不要你们凑份子,我自己有。"朱妈妈回道,"爸爸您的部下一个个都是您的耳神,啥都会跟您说。放心,我下回再不劳烦他们了!我会找到自己的合作伙伴的。跟你们说哦,我这是认真的。"

一桌人安静下来,多少被她的郑重镇住了。小葵就坐她旁边,眼看着她从激动状态里慢慢平复,那么,朱见鹤先前说的那些话,倒真的不是哄人的,她可能真的喜欢小葵是个"企业家"。

见微赶紧换了个话题,跟小葵说道:"葵总,我家孩子和你家孩子上的是同一个中学呢,我想起来了,在校门口见过你的,你常戴个棒球帽对不对？还常穿一件青灰色的长风衣。"

小葵说，是的，再看着外公外婆的脸色一丝没变，那么，想来，他们都知道她的大致情况了。见微又说："听说孩子是归他父亲的，你怎么舍得啊？是争不过他们吗？"小葵振作道："离婚是件艰难的事情，我不想给孩子添困扰，就没争抚养权。虽然法律上是他们家的，我还是带他在身边的。哪舍得离开孩子啊。"

"识大体。"外公接话说，"这样好，顾全大局。怎么样都是一家人嘛。他爷爷奶奶家也在舟山吗？"

"是的，在定海城郊，拆迁户。爷爷奶奶宝贝孙子，拆迁房都写了孙子名字。我也不想伤老人家的心。"

"对啊，城郊那里就是一大块小平原，春天来时，一片绿油油。柳晓舟就是在北门那边丁家大院里生的，那里当时也快挨着郊区了。"外婆感叹道，转移了话题，"多少年过去了啊。"

那座旧宅，就在小葵房子的东窗之下，小葵无数次地端详过它，听老人们说，那里曾经是一个部队文工团的宿舍。原来，小葵早就和朱见鹤在生命的源头相遇了啊。她伸手过去握住了朱见鹤的手，朱见鹤摊平了它，把手指一根一根嵌进她的指间。

"是啊，什么时候回去看看老战友，我改天问问还有几个老家伙在世。"外公也长叹一声。两位老人陷落在往事里，眼神飘忽。

朱妈妈轻轻拍了拍小葵的后背，悄声说道："我才不管一般家庭妇女挑媳妇的那一套呢，我有我自己的眼光。"小葵听着，心头却一阵酸楚。她这个女企业家身份，不过是被架上去的，她真的做得足够好吗？这样说起来，朱妈妈也算是个赏识她的伯乐吧。小葵心上就又一热，耳边听朱妈妈又说："我对你们那一块的工厂有兴趣，那地方增值潜力大，你帮我留心些。最好也是水产企业，我熟这行。"小葵连连点头说好，两个人默默结了盟似的。

六

他们没避孕，此后没过多少日子，小葵就怀上了。孕检报告结果出来那刻，朱见鹤喜得凡事无不可。朱家那边想必也欢喜，直催赶紧挑个好日子去婚姻登记吧。小葵羞愧多过高兴，幸亏这是见了家人之后的事，否则真是抬不起头。接着，婚房也在议了，要么用他父母老早就给备下的，要么新买一套大的——读大学前，浩浩总也是要跟着他们住的。她怀浩浩时没啥反应，这回也是，平静得很。夜里，朱见鹤将手放在她肚子上摸，将耳朵贴着听，吻了又吻，嘴唇湿乎乎的。小葵打着圈摸着他的光头，也摸着他饱满的身体，恍惚起来：这样的生活，好像是她虚构出来似的，完美得不像话。

事情到了这个地步，她也只有和阿姆交底，在显怀前，把婚礼给办了吧，这样一算，最晚拖到初夏，再晚就是结"热婚"了。主场肯定在宁波，婚纱要穿吗？一堆事啊，不过，幸好有朱妈妈在，她领着头张罗，大张旗鼓。老家那里，离婚的事情，估计阿姆还在遮遮掩掩吧。

那一天，小葵和阿姆通了电话之后，又给田雷打电话，商量接下来还贷的事。公司里所有的资产都被田雷陆续拿去抵押了，虽然纸面上都是小葵的签字，但还贷的事情，那还是要田雷自己来解决的。田雷长叹一声，说："放心，你那里还是小头，不过八百万，我过几天就给你。本来嫌弃银行抠，只放这么点款，现在想想，倒也好，这个窟窿啊，你自己想办法也补得上。"小葵吓了一大跳，说道："我哪有这么多钱？"

"别急，我和你说笑的。我给你出个主意，庄东明的股票，这回涨了很多，你可以问他要的。"田雷笑道，"现在涨起来了，一起分一点，也说得过去，你还帮他养儿子呢。还有你哥哥那里，你也好去借一点。你拿回来的钱，先还贷款嘛。还完了贷款，这厂子就算你的吧。"

小葵笑不出来，她的心跳得飞快，田雷的语气里那种飘忽，让她害怕。他这账算的，已经全无数字概念了：庄东明的股票哪有那么高的市值？她虽不知具体数目，却也晓得，撑死也到不了二百万的。她哥哥那边，其实是没几个钱的，她难道要逼他盘店出货？她没气力安慰他，这边的厂子里也是一团乱麻，她就说了即将结婚的事，田雷惊讶道："怪不得朱总这么坚决要辞职，他这是避嫌。"顿了顿，他高声叫道："这下我明白了！当初办银行贷款都是朱总张罗的，他一定使了什么诡计，银行才给得这么少！还有啊，他年底拉了我那么多水产品给你,说是冲账,说是年初可以还给我们的。这也是诡计!"小葵生气道:"那你的意思是,我和他合伙骗你?还有,难道这个公司真的是我的?"

他那边沉默了好一会儿,调匀了呼吸,没回应小葵的质问,更无安抚之意,连句祝福的话也没说,就转回了正题:"还贷的事,你放心。这边银行很快就会放一笔贷给我,足够给你了。我只要撑过这三四个月,往后就好了。到七八月,我布局的整个投资网络就能陆续赢利,一活俱活。最近好几个朋友在玩失踪,我不会的,这么丢脸的事情,我田雷还真做不来。"

小葵也平静下来,劝他道:"再怎么说,也说不到丢脸不丢脸的。做生意总有上上下下,熬过这半年就好了。"田雷在那头冷笑一声,说:"前几天,傅增劝我和他一起买柬埔寨的铁矿,可以去那里东山再起,这不就是溜了吗?他是真的溜了,留下一屁股债,就这几天的事。我不会的。我也不信国内会不行,这上升的势头在那里,挡不住的。还有,上头已经看到银根收紧的后果了,不会再收了。宽松,大家才有活路啊。我就不信会没有一条出路!经济向上的势头,我不会看错的。你说是吧?"

小葵附和说是,一半也是宽慰自己,可还是受了惊吓,半天惊魂不定,晚上和朱见鹤商量,万一田雷真是还不上钱了,那么多债务都在她名下,她怎么办?朱见鹤劝她:"我们手里有那段录音,我还整理保存过一些文件,到时候告诉你放在哪里,这都可以证明田雷利用你挂名经营。近年来用挂名法定代表人的事情多,我一个朋友也这样被挂名了,后来有文件证明他不是实际经营人,也就不了了之。"小葵再细想,她和那人不一样,她是参与经营的,她是完全知情的,要撇清,估计难,说她一起参与骗贷,那也不算很冤枉她。

她在白纸上画来画去思考的时间越来越长,也宽慰自己,毕竟田雷在商场征战多年,他又是把风险分装在好几个篮子的,总有一篮能顶用吧?那些工业用地,虽然现在还没有像房产证一样的权属证书(听说很快就会有了),可田雷确实为此花了近六百万元,她要找银行去问问这个可否做抵押。

但她只是想想,没有付诸行动。事情未必那么坏,而且未必会发生。再不济,朱妈妈不是到处在找待售的厂子吗?也可以拉她入伙。可万一她只是说说呢?既图了她家的人,还想图她家的钱,小葵羞愧自己太贪婪。

四月渐渐逼近月底,二十一日那天,央行再次上调了存款准备金率,也就是说,银根再度收紧。小葵在打开的电脑页面上盯着那条并不显眼的新闻,倒抽了一口冷气,但随即又想,这只是对付目前通胀过快的政策吧,不会有别的影响吧?她这里要还的贷款,放在庞大无比的资金规模里,又算得了什么呢?沧海一粟。

可是,对于个人来说,一粒灰也够呛,何况一粟。它终于砸过来了。

"我们的一笔贷款,明天到期,田总那边,昨天还打包票,说今天肯定划钱过来。对吧？昨天他和你也是一样说的吧？今天我一直等，等到两个小时前，我打电话过去，关机。我现在再打，还是关机。这些天，听到好几个老板'上高速'了，都跑了，这样一想，我慌了。田总他不会也……"

那一刻，小葵正在家里伺候砂锅鸡汤，抽油烟机呼呼响，又恰是将沸之际，小葵低头凝神倾听汤头声势，待火候成了，得立即出手转成小火，懈怠不得，小谢在电话那头说的话，她就没听十分真切。小谢说了两遍，她才回过神来呀了一声，鸡汤应声沿着锅盖缝隙潽了出来，浇灭了火头，空气中吱吱作响，是蛋白质焚烧的气味。小葵赶紧关了煤气，拿抹布擦灶台，右手油汪汪的，左手那里，还举着手机在耳边，她喂了好几声，那头没应，已经挂断了。

这事该找谁呢？这是她的第一反应。在从前的体系里，出了事，总得先找个人汇报，接着再一级一级往上汇报。承担后果时，要么一溜儿都有份，要么就没一个人该被罚的。总之，都不是一个人的事。她把手机揣进围裙兜里，仔细洗干净了手。除了田雷的手机号，她还有他在岛上老家的电话，沿着这条线，她就能找到他老婆的电话。他们必定知道他在哪里。

田雷的手机果真是关机的。她打田雷老家电话，通了，是田雷的阿姆。小葵稳住声气，问她要田雷老婆的号码。"他们上个月离婚了。"田雷阿姆低声说，"我真想不通他们好好的，咋就走到离婚这步，连一双儿女都归他老婆了，田雷这是咋啦？"小葵心头狂跳，可她还是压住了慌张，问到了他老婆的手机号码。打过去，那号码是空号。又打电话给田雷阿姆，问田雷可打过来电话，她手上有田雷的几个号码。田雷阿姆也慌了，说："出啥事了吗？田雷平常没事不给我打电话的。他的电话号码我就一个，就后头数字是339的那个，你有吗？"小葵连声说没事，临了还是又叮嘱，万一田雷有电话来了，告诉他，小葵着急找他。

前年十二月二十五日，跨海大桥通车。田雷笑着和她说，这下你更不用怕了，有啥事，你一通电话，嗖嗖地，我两脚油门，就从舟山到宁波了。

话犹在耳，不过只隔了这二〇一〇年整一年再加四个月，这个世界又变了吗？

或者，这世界其实早就变了，只是小葵自己没有觉察到。

朱见鹤今晚在外头有应酬，小葵和浩浩简单吃了晚饭，就独自往她原先租住的那套房子去。万一田雷闷声不响躲在那里等她去找呢？她轻手轻脚开门进去，屋里没人，只有长久紧闭沉积下来的浊气。她一扇接一扇打开窗户，顺带弯腰检查了衣柜和床底下，连浴室和半封闭的阳台也查看了，没有人来过的痕迹。

世界一片静寂，窗外的市声也非常遥远。小葵好不容易找到了一张纸和一支笔，她得把事情从头捋一下。可是，这一回，她找不到关键词了，她看自己写下的是：这可怎么办呢？

她又试着给田雷打电话。还是关机。夜风从四面八方蹿进这透明无遮的房子。宁波虽也是海滨城市，可它比舟山腹地深广。此刻的风，是从陆地吹向海洋。据说她的祖上是从宁波的镇海迁去舟山的定海，去祠堂查族谱，能细到原来的村落。就连"定海"这名字，起先也是现在的"镇海"在用。舟山和宁波这两个城市说起渊源来，亲密胜过宁波和它现在的几个区，可历史是历史，现实是现实，这一刻，异乡人的空虚无着感奔袭而来，小葵在椅子上蜷起身来。

她开始胃疼，觉得冷，可她此刻没有力气起身去关好这些窗户。朱见鹤的电话终于来了："我就在门外，你来开一下门。"小葵愣怔了一下，继而就猜到了，这房子的租金，是公司在付，原先帮着租下这套房子的，也许就是他吧。从下个月起，停了吧。她一边开门，一边这样做了决定，她要收拾走这屋里她自己的东西。问题是，搬去哪里呢？

但眼前，这简直不是问题。

朱见鹤在屋子里走动，一扇接一扇关好窗子，拉严了双层窗帘，只留了一扇东西向的侧窗，一层白纱帘随风鼓着，像一个穿着白纱裙的女人朝着空气不断挥拳。他站在那里，好一会儿，说道："我接了小谢电话后，就赶紧找舟山那边平常和我联系的财务部李总。她倒是接了我的电话，说是他们那边也在到处找田雷。原先和银行都说好了的，先把钱还进去，过几天就转出来，就转一下贷。可等钱还进去，银行却说这个月贷款配额用完了，得等下个月。下个月呢，又说用完了，再等下个月。他们有几笔贷款本就是靠倒贷来运作的，到最后,终于倒不动了,资金链断了。"

"资金链断了。田雷'上高速'了。"小葵自言自语般越说越轻,"田雷一定想不到,他有事两脚油门就过跨海大桥离开舟山,是为了躲债。他一定受不了。他太看重自己的面子了。"这时候会有人帮他吗?小葵替他想了想,应该没有,小岛出身,白手起家,他身后空荡荡没有依傍。

"最近这样的事情听闻好几起了。"朱见鹤叹息道,"得怪整个世界的经济环境都不好,多米诺骨牌一样,谁能独存?田雷也是想大干一场,有志向。去年银行宽松,大环境也支持,谁想到今年就银根猛然收紧?这一紧啊,底子薄的,就啪嗒掉了啊,砂锅塌底,没救了。"

"他把所有的盈利都拿去了,把贷款留下了,也就是说,他把烂摊子留给我了,我是法定代表人。"朱见鹤没在这时候愤怒声讨田雷,小葵很是感激,她宁愿自己来,"他这是把烂摊子留给了我。"

"别怕。我们有准备的,再等等,看看事情会怎么发展。到合适的时候,我们把这音频文件上呈,切割你和公司的关系。最后,你离开公司,重新开始。"

"能切割吗?能重新开始吗?"小葵喃喃道。她已经辞过一回职,第一回,她被田雷顺利接手,但前期的无望感,她体会过了。她要再来一回吗?不仅有前期,更有漫长的后续,是一次又一次的求职,去解释,去要求,被拒绝,等待机会。她将从一位企业法定代表人变成一位无业求职者。冬天又来了,她又得跟望潮一样吃掉自己的手脚吗?她开始胃疼,后背凉飕飕的。现在,连东西向的侧窗也被关上了,可这老房子漏风,待不得了。

她机械地关上房门,开了自己的车,跟上朱见鹤的车,径直到朱见鹤那里。朱见鹤新煮了红茶,等它温了些,端来给她。小葵伸手接了,看着他的眼睛,觉得有点陌生——她说不好这感觉,但陌生肯定是的。真正的生活第一次来到他们中间。小葵咧嘴苦笑,说道:"我们这厂子,怕是受了诅咒的吧?好好的,又要折腾。"朱见鹤挨着她坐了下来,揽住她的腰,说:"是的,会是一番折腾。你就想着啊,这一切都会很快结束的。你不要慌,对孩子不好。你还有我,我养得起你。对了,爸妈明天中午请我们吃饭,说婚礼准备的事情。我妈老催,我都烦了,就索性跟她说我们已经领了证了,你也顺着这个说吧。"

小葵一只手覆在小肚子上。里面的那个"它"那么小,人类的话语,对它来说,是混沌世界里的伴音吧?她的心跳,它会听着,她的心慌,它肯定已经知道了。可浩浩怎么办?他也是这样从一个胚胎成长为一个小小男子汉的,他一心想守护她,他喜欢她的公司,喜欢她作为法定代表人或高管的样子——那都能给他安全感吧?她现在没法儿和浩浩说这场变故,但她得去安顿他睡觉了。

她回到楼下住处的时候,浩浩正在收拾书包,一见她就说:"妈妈,能让我画一会儿画吗?作业做完了,放松一下。"等小葵收拾好厨房,浩浩举着画儿来给她看。这回他没画平素爱的精灵古怪那一类,却工工整整地绘出她那厂子的平面图,大样不差。"我试着画画现实中的物体，看看我有没有学建筑的潜质。"浩浩说，"我拿我们的厂子先练手啊，画个系列。"小葵问道："你很喜欢那个破厂对吧？"浩浩翻了她一个白眼，道："哪里破了？不是刚维修过嘛，连外墙都刷白了呀。我蛮喜欢它的。"

喜欢这个厂的，不止浩浩一个。第二天上班，小谢就跟她讲，已经有两个附近的老板来问她转让的价格。"我们这个厂是赚钱的，这他们都知道，就是运气不好。"小谢叹道，"如果我有这还贷款的八百万，钱，我一定借给你，强势跟你拼股。"

"真的要拼股吗？可以啊。你和家里合计一下，拿两套房子去做抵押贷款，我这边也去抵押我的房产，我再想想办法，一周之内，我们能搞定这八百万的。"小葵听自己这么清晰地说出这些，也很惊讶。

小谢愣了一下，随即笑道："我是说说啊，做起来，是真不敢。这一点上，我佩服那些做老板创业的人。冒险的压力，一般人是受不住的。我是一般人。朱总也是。原先他妈妈就想让他把厂子盘下来的，可朱总就是不敢，犹豫间，就被田总抢先了，听说他妈妈为此郁闷了好久。"

小葵猛然一惊，简直醍醐灌顶，沉吟了一会儿，说："我这边可能暂时有解决贷款的办法，所以，不急卖。你有机会的时候，问问那两位老板，正常情况下，他们想接手的话，会出什么价格。"

"好的。"小谢轻笑道，"可我看他们就是想捡便宜呢，总有想乘虚而入的人。"

整个上午，小葵都在发呆。她拿了一张纸，默默地画了好多侧脸的女人，仔细一看，都是朱妈妈的样子。

临近中午，乌云压城，朱见鹤开车来接她，路上又叮嘱了一遍昨晚的话。一进门，小葵就被朱妈妈招呼到客厅沙发上坐了，茶几上放着一溜儿打开盖的金饰品，手镯、项链、戒指，一色沉实的24K黄金。朱爸爸在厨房忙碌，说是要做鲥鱼三吃，清蒸、红烧加放咸齑汤。朱见鹤脱了外衣，换上围裙去打下手。

朱妈妈往小葵腰后塞了个靠枕，还问要不要拿个小矮凳搁脚。小葵说："阿姨，没事的，不用的，我反应几乎没有。"朱妈妈也笑了："啥阿姨？今天总得叫妈妈了吧？还有，我孕早期也几乎没反应，精力充沛，还想着能做啥大事。孕后期，腰酸，还便秘。现在就只记得这两样了，当时还觉得特窝囊呢，婆婆妈妈的。"

小葵也笑道："妈妈，我们这样子，时下就叫'女汉子'。"

"是啊，女汉子配暖男。"朱妈妈悻悻道，"成大事的女人，体力好，情绪稳定，会行动，又不妄动，一般男的，哪里配得上。"

"妈妈就是做大事的女人，我们公司会计小谢今天跟我说，您起初是想让见鹤盘下公司的，是见鹤不想。"

"是啊！老天就派他老婆来接盘了，算弥补了我的这个遗憾。这叫姻缘天定，没话说。来，你先挑三样金饰，这得看你眼缘，也看你眼力了。"

小葵垂头看着，准备挑三样既不是最大的，也不小的，工艺呢，一定得选讲究的,却也不能太花哨。看了一会儿,心里选定了一只古法素面的镯子,一条配了转运珠的波纹链子,一只素金圈戒,却不下手,先说了一通车上想好的话:"妈妈,有些事情,不能瞒您。第一,我们俩还没有去领证。第二,我有麻烦了。我想和您商量。"小葵详细说了始末,从懵懂签文件成为公司法定代表人开始,一直说到田雷失联。

"目前公司的困难是八百万贷款,见鹤说,他给我备好了证据,证明我只是个挂名的法定代表人。我挂名这件事,是可以证明,但我是个知情的挂名法定代表人,还参与了经营,我没有那么容易脱身的。我不知道等待我的是什么。"小葵看着眉头紧锁的朱妈妈,声音越来越轻。

"那,你想怎么办?等着银行来收厂子吗?"朱妈妈问,"最坏的结果,就是你自认是法定代表人,自愿被破产,如果资不抵债,还得搭进你自己的钱。"

小葵缓缓摇头,说:"我还没跟见鹤商量,我想他大概不会支持我。我的计划是,回舟山抵押自己的房子,顶多能贷到一百万吧。同时,跟工人筹股,我有点信心能说动他们,或许也能凑到一百万。那目前缺口是六百万。只要还上了贷款,按现在公司的运营情况,明年这时候,就可以还清,也能分红。"她越说越兴奋,把另两个老板想捡便宜的事也说了,把田雷补了六百万把工业用地买下来都说了。这个厂子的价值,连土地带设备,恐怕四五千万都不止的。

朱妈妈沉吟道:"还了这八百万贷款,公司就真正是你的了吧?"

小葵想了想说:"在法律上,它一直是我的,当初连注资注册的钱,最终也是从我账上走的。目前联系不上田雷,如果我能挺过这个难关,等他能出现的时候,我会和他谈判。"顿了顿,她又说:"但主动权,始终在我手上。田雷从我们这里转走的钱,见鹤都按借款处理的。从头到尾,我们都不是田雷的子公司,田雷这回如果真的出事,波及不了我们。"

"如果我出这六百万,我就算入股,你仍旧当法定代表人,我是新增股东,我要分红。如何?"朱妈妈笑道,"那公司就是你和我的了。当然,名义上还是得叫见鹤持股,他这身份合适。"

朱妈妈挑了三样金饰品放到小葵面前,说:"来,看一下我们娘俩的默契。这就是你刚才选定的吗?"小葵点头,又是一惊。

朱见鹤来来回回端菜,她们在谈的,听了一半。四个人一起上桌吃饭了,朱见鹤说:"这可是实打实的六百万啊,投资这事情,有风险的。小葵又有身孕了,何必折腾?好好养身子生孩子,不好吗?她看着也不像是个女强人啊。"

"这哪里是折腾呢?这是投资。还有,女强人当然看着不像女强人啊,都能被人看穿的,那还强什么强啊。这事情,我就听小葵的。小葵说行,我就和她一起做。反正,这笔钱,也是我这几年资金投资加上倒腾市区的房子赚来的。我赚来的,我决定怎么用。况且,这真的不算大钱啊,就几百万嘛。"

朱见鹤又被他父亲说道："见鹤，听老婆的吧，这是我们家的传统，错不了。让她们俩做大事去吧，你跟着我好好学做饭就是了。"

小葵羞得满面通红，虽然事情就是在按她预想的方向发展，可她仍没有勇气去接朱爸爸的话，他们一定看穿她了。朱见鹤的手伸过来握着她，慢慢摩挲着，小葵的身心暖和起来。

说话间，小葵的手机响了起来，是阿姆。电话一接通，阿姆就说："小葵，田雷出事了。田雷没了。田雷走了！……你怎么听不明白？田雷死了！"小葵热身子一下子掉进冷水坑，全身发抖，说不出话来，朱见鹤接过手机去，说："妈，您慢点说，这是啥时候的事，怎么发现的？"

"今早的事，在他们家车库里，说是在汽车里开着啥尾气闷死的……他老婆不会开车的，这地下车库就他一个人进出，要不是今早进去拿东西，还不知道人在车里头呢……"朱见鹤开着免提，有点碎音，阿姆的声音在这房间里颤抖。

小葵一阵恶心，起来直奔洗手间。朱妈妈后脚跟着，扶着她发软的身子，递干净毛巾给呕吐后的小葵。

小葵拿着毛巾捂住脸说："妈妈，或许见鹤是对的。我们安静过小日子好了。"

朱妈妈抱住她，摸着她的后背，说道："他是他，我们是我们，别怕。大浪淘沙，总得先下海。刚才你转述的田雷的各种说法里，有一句我特别赞同，这经济势头，总是向上的，熬过二〇一一年，到了二〇一二年，就好了。"

小葵一只耳朵还在听着阿姆和朱见鹤的通话。阿姆那边已经平静下来了，她说："好了，叫小葵不用急着赶过来，不要动了胎气。别慌，叫她别慌啊。"阿姆的声音已经稳稳的了，她总是要冲在前头给小葵挡住风雨，她总以为她能。

刚挂掉电话，另一通电话又响起。朱见鹤关掉免提进来递给小葵，拉了他妈妈出去，顺手关上了洗手间的门。

"怎么电话老打不进来？"庄东明照旧是埋怨的口气，带着点咄咄逼人，似乎面前站有观众。他字正腔圆地吼道："田雷自杀了，你知道了吧？你的烂摊子可怎么办呢？"

到底从什么时候开始，自己给了他这样吼的权力？小葵记不得了。她深吸了一口气，说道："谢谢关心，我这边都很好，我会处理。我明天要去领结婚证，对的，我要结婚了。好的，谢谢你的祝福。真的，这当然是真的，我何必骗你？"

世界微微摇晃。小葵扶住洗脸台沿子，看着镜中的自己，周遭一片静寂，脚下的地在涌动，那场篝火派对如在眼前，现在，当初的泥涂已在湖底，新的堤坝已经崛起了吧？那晚意气风发的他们，如今可都安好？

此刻，朱见鹤的声音清晰地越门而入，他说："妈妈，这下，您总满意了吧？"朱妈妈在说："是啊，下一步，在那些工业用地上造些房子吧，那里的规划是造水产城的二期，拆迁是迟早的事。真是一大笔财富啊。你留意一下还有别的资金链断了的厂子吗？我帮朋友也物色物色。"

小葵战栗起来，这对母子，怎么可以在这个时候说这些？她的小腹一阵抽痛，里头那个孩子像是也跟着她在哭——那是她的孩子，是她和外头这家人的连接。她试着为他们着想：他们只是在寻找投资机会而已，他们没错。那么，怀抱同样理想的田雷错了吗？田雷是怎样绝望才会走此绝路？问题到底出在哪里？

天上一阵滚雷，卫生间窄长的窗口像个画框，画里头一道Z形的白亮闪电。小葵闭上眼睛，等待战栗过去。在一片黑暗中，她和自己对视，逼近一点，再逼近一点：新的时间，已经开始了。

在新的时间开始之前，她得先回一趟她的岛，告别田雷，告别暗流汹涌的海，还有那跃动其上的阳光和月光，它们合在一起，于虚空中打造成一顶旧时光的冠冕。岛上孩子的痛和无助，它们知晓，岛外的人永远不会懂。现在，她把自己和岛外的体系绑在了一起，她就有力量举起这冠冕戴到头上吗？

与海豚同游

小葵纪元：2016—2020

一

这笔钱是夜里进账的。

手机接连振动三下,起初,小葵并没想到这会是银行的动账通知,大半夜的,必定是朱见鹤来催她回家了。二〇一〇年在一起,到如今二〇一六年了,他们俩最长都没有分开过一周,这个小她五岁的丈夫,日常黏人。这肯定是好的,但人心就那样,总不知足,小葵嫌他烦的时候,就想着要是单身该多自在。过后却又觉庆幸,他们人到中年才相遇,她又是第二次进入婚姻,故此越过了很多婚姻里的暗礁,才得以免除七年之痒、中年危机之类的麻烦吧?

这个时刻,小葵就不想理他。她一动不动站在厂区小广场的凉亭里,对着那些楼发呆。刚才,她特意把所有的灯都打开,下楼来,在小广场的角落里找到一个角度,用手机先拍了张全景照片,又拍了个视频。行政楼、车间楼、冷库楼、食堂楼、宿舍楼，高高低低，积木一般。夜色和灯光消减了建筑物本身的厚重，无论在夜幕下，还是在手机屏幕里，它们都轻盈得像不在人间，陌生得像从不曾属于她。她把手机揣进裤袋，犹豫着要不要在办公室过一夜呢。明天，她就要把这里移交给拆迁办了，陪着过最后一夜，也算告别。该搬的，都搬空了，只有她的办公室还留着一些东西，对了，是朱见鹤和她的办公室，他们是夫妻，公司便是夫妻店。

仲春的夜晚，象山这滨海之地，寒意未消，不多会儿，小葵就觉得冷了，骨头缝隙里漏风似的，尤其肩胛骨那里；心里头也冷，丧家犬般地冷。她离开在她手里从图纸变为实物的凉亭（不久就将归于尘土），往办公楼走去。恍惚之间，身后似乎有一阵急促的脚步声，追着她而来。

"谁？"小葵厉声喝道。电还通着，厂区里的监控系统依旧在工作，她觉得她是被保护着的。四周空无一人，小广场的西南角落里隐隐有些响动，那里是光圈之外，过不过去？这时候，大门的车闸自动抬起了，一辆黑色的路虎车开了进来，车灯如怒睁双眼，冲着她来。她几乎魔怔了，抬起手笔直指着车里的人，继续喝道："谁？"却是朱见鹤。他在她身边停了车，顺手给她披了件外套，说道："我的娘！你这表情，演僵尸片啊？人也冻得冰冰的。在这里做啥？跟我回家吧。儿子在找你呢。"

小葵猛然醒了过来，边穿上外套边讪笑道："你娘在家里呢。多少次了,叫你别混着乱叫,她听见了又生气。"朱见鹤笑道:"她在家守着我们儿子呢,这会儿她听不到。"

实在弄不清楚朱见鹤是怎么开始这样喊她的。起头是玩笑,人家打趣他娶的真是"新娘"——第一,二婚不新,第二,她年纪大这么多,可见他有十足的恋母情结。他回家当笑话讲,后来干脆就这样叫上了。婆婆还真的生过气,说她气的并不是小葵抢走了她的名头,实在是替小葵抱不平,难道女性的价值就只在青春年少小鸟依人?小葵是优质媳妇,智商情商执行力,样样出色,这样的妻子,他们找得到吗?他们这是嫉妒!朱见鹤连连称是,说他们这些人就只配寻常妇人。小葵也就当他们母子在说对口相声,想着自己也是做娘的,大儿子一晃也已快二十了,要是凭空冒出一个女人来当儿子的娘,任那女人再怎么优质,她也会不开心吧?于是,也跟着婆婆要见鹤不要这样叫。偏偏他倒叫上了头,一天不喊一两回就过不去似的,有时候还偏要在他妈妈跟前叫。

婆婆家住在东钱湖边的别墅里,小葵和朱见鹤的新房在海曙区的钟楼附近,可平日里他们夫妻都在象山的水产公司忙碌,有时候就住在厂里了,毕竟两地有一个多小时的车程,累的时候也跑不动。朱家说了好几回,小葵干脆就在家安心带几年孩子吧,远程遥控见鹤就是。可小葵到底不肯。好不容易有自己的一亩三分地,即使对方是丈夫,她也不肯拱手相让的,这是明面的理由,婆婆这样的大女人,自然也只有赞同。小葵心底里的那个理由,关于仁义的,她却说不出口。这年头人大都不信高高在上的东西。

  对于女人，做个好母亲，这个标准，在哪个年头都没变过。小葵当年，自然也犹豫过，要不要做个全职母亲呢？说起来自己也有这个条件。但这样的犹豫，也就短短几个瞬间。宝宝小小的身子拱在她胸前使劲吸食乳汁，她一只手撑着自己保持住理想的喂奶角度，一只手搭在宝宝的身上，帮他固定住合适的吸食姿势，母与子，是这世界上最强的连接吧？想着以后要保护的人又多了一个，自己可得比以前更强大才好，她得双手高举，不为"投降"，只为牢牢撑住这个世界。她好歹休了半年产假，六个月一到，小儿子头已立稳，坐也会坐了，小兽一般爬得带劲，看人带笑眯缝星眼，麻利得明天就会走路似的，一家子都被他弄得五迷三道，都说"小葵你带得好，到底是有经验的"。小葵看他慢慢有了自己的力量（晓得哄大人也是其一），除早先请的钟点工外，另请了一个住家的育儿嫂白天代理母职。小葵试用了四五个阿姨，在快绝望的时候遇到了现在这个，四十出头，相貌清秀，高中学历，手脚麻利，还有中级育婴师证书，简直是为小葵量身定做的，她这才放心脱身上班去。她置办了一套采奶的器具随身带着，感觉胸脯胀了就赶紧吸出来。办公室和家里的冰箱一打开，都是一排她采下的奶，她觉得自己是头奶牛。这阿姨只有一点让小葵不适，有一回小葵从监控里看见她用奶瓶喂完宝宝之后，让宝宝玩着她的乳房入睡。小葵隐忍到宝宝十一个月，才点出来："就当断奶吧，这样不好。"小葵说得很坚定，阿姨答应得也很好，又说："不过，我也是把宝宝当自己孩子嘛。"小葵也没啥好说的，只暗暗嘀咕爷爷奶奶一直在家的，怎么就不阻拦她呢。

婆婆对宝宝很上心，只是她不知道怎么带，她也不舍得放弃她的"事业"。朱见鹤从小也是保姆带大的，她一向又是以事业为重，不懂养育婴儿，可近年来社会新闻上多有坏保姆，不是虐待就是拐卖，她看得多了，也就被吓住了。本想不婚不育的儿子回头是岸才给生的孙子，不能有半点差池，于是，他们老夫妻就上班一般到小葵家来，保姆看孩子，他们看保姆。公公一双眼睛不离孙子，"宝宝，宝宝"不离口，随时准备着给保姆搭把手。

小葵的家是个大平层，两百多平方米，几个角落里都装有监控，小葵手机上就可以查看，得空时她也会瞄几眼。一屋子摊开都是尿不湿啊，奶瓶啊，各种婴儿用品，画面里头，小婴孩一声啼哭，公公和阿姨就急速响应，凑到一块，头碰着头，几乎要贴面了。

婆婆呢，却只出一只眼睛，另一只眼睛还是要盯股市的。今年的股市元旦后就大跌，熔断啊，经济硬着陆啊，监管趋严啊，人民币贬值啊，利空消息一个接一个，可婆婆和她的那帮消息灵通的兄弟，还是对股市抱着慢牛期待，趁跌势吃一些有潜力的股票，等着翻盘。

"涨有涨的好，跌也不净是坏处哦，人生就是这样起起落落的呢。"婆婆偶尔抱孙子到她膝盖上的时候，就会很正经地跟他"谈股论经"，迷人的小宝宝带笑看着奶奶，一副比奶奶更淡定的样子。小葵暗笑，婆婆这样的人，也有过起落吗？猛一想，当然有过的，婆婆的父亲是南下干部，那十年里，全家一起从高处跌落，那正是婆婆的青春年华，其间种种，大概境遇是她不想再提起的。他们一家都很少说起，有时候不小心有谁碰触到了，立即收声，垂头不语。那么，这也是在"谈古论今"了。阿姨管宝宝的生活起居，响应他每一个眼神和动作；爷爷教宝宝理科，给他念全本的《时间简史》，管他懂不懂呢，先给他打打底；奶奶管宝宝的文科，给他读政治家的人物传记，说这是在潜移默化地影响他。从宝宝会开口说简单的字词起，奶奶就起劲训练他吐字清楚。宝宝会说短句子了，奶奶就陪着他一起把话说清楚。爷爷呢，在这基础上还要给宝宝理理"逻辑"。

转眼这样的日子就过了五年，孩子都上了幼儿园，也还是这个模式，不过屋子里摊开的已是各种玩具了，从育儿所变成一个游乐园和小学校。小葵也开始跟着孩子叫朱见鹤"爸爸"，算是和他叫她娘扯平了，可就是没有朱见鹤叫她"我的娘"来得有气势。

小葵实在也懒得计较这些。虽说养育第二个孩子心里有底，没有头生子那会儿手足无措，可毕竟还是要用心观察、尽量陪伴。她得和家里的三个人争夺孩子，让孩子还有点像孩子的样子，她哄他玩的时候，就尽量奶声奶气。水产公司的生意起起落落，厂区又各种扩建：拿到了财政补助的科研经费，生产设备趁机更新，连实验设备也采买了。他们还正经招了一个营养学博士，想着要进军精加工做营养食品。他们夫妻的感情经营和事业经营同步进行。突然之间，她的事业就被喊停了，拆迁来了。这正是朱家一直暗暗期盼的事，他们当初投入六百万，指望的就是现在这样的时刻。听婆婆说，这恐怕是最后一波"有价值"的拆迁了，万幸他们遇上了。婆婆说，可见小葵真是福将。

这阵子，朱家母子忙着在前头对接评估资产，她在后方遣散工人、变卖设备、处理库存，桩桩件件都让她肉疼。签署拆迁合同那一天，朱家母子击掌相贺，她却心头隐痛，一个不该有的念头竟闪现：我是不是就是传说中的"白手套"呢？当然，随即，她迅速而果断地自我否认了。拆迁赔偿款，朱家认作是理所当然的投资收益，小葵和他们有不同的见解，她却没有说出口去。好在，小葵是法定代表人，拆迁赔偿款，总还是先到她账上的。

时不时会闪现的疏离感，今夜特别浓郁。这会儿，朱见鹤到来，他的光头也在灯光中闪烁着，驱散了灯火通明带来的不现实感。他随身带来了两个大编织袋，把他们俩办公室里剩下的东西不分类别一股脑儿都丢了进去。那竖在墙角积灰多年的两张野营垫子，小葵说丢了吧，家里有新的。朱见鹤在那里坏笑，说："可不能过河拆桥啊，它们可是我们的定情垫。"话音刚落，屋顶那里分明传来一声叹息，小葵吓得一把抱住朱见鹤，朱见鹤拍着她的背说："别怕啊，是猫头鹰，估计它们在这里做窝了。前阵子就发现过一只，报了森林警察局来捉去了，他们会放归山林。那猫头鹰眼睛可好看了，红宝石一样。这事情我跟你说起过了对吧？象山这里的人叫它鸮，够学术吧？听说你们舟山人有叫它'哼唬'，也有叫'逐魂'的，你们家那里叫什么？"小葵放松下来,说:"叫'哼唬'呢,我小时候倒也见过一回,一张面孔心字形的,鬼头鬼脑。"朱见鹤笑道:"哪里鬼头鬼脑了?人家就这长相。说也奇怪,近来我对舟山越来越感兴趣了呢,这是爱屋及乌滞后反应吧?"这也算示爱吧,小葵被他逗笑了,自问自己是疑心生暗鬼,一有什么异常,就都往那个人身上去想了。

说实话,自从定下要拆迁之后,那个人就稳稳地坐镇她的脑海,要跟她讨个说法似的。

发动车子的时候,朱见鹤说:"再看一眼吧,那是我们辉煌的过去。"小葵转头看这些灯火通明的楼宇,脱口而出:"也是田雷的。"朱见鹤踩油门的脚犹豫了一下,嘀咕道:"夜里不说过世的人,好不好?"

小葵低声应了。车子上高速公路的时候,小葵才想起刚才那手机振了三下。她拿出来一看,原来是银行动账通知,拆迁赔偿款分了三次进账。小葵费力地登录了手机银行,歇业清算后被清空后的法人账户,现在的余额是人民币八千万元。征地款是大头,厂房重置补助是一笔,停产补偿和安置补偿七七八八合起来又是一笔。难道不应该带点尾数吗?这样的整数,让人没有真实感。

百万元以内的现金,粉红色的百元大钞码在眼前,那才是踏实的有钱的感觉。四位一节,小葵在屏幕上点了那串数字,确认无误,是八千万。六年前,她离婚时,手上所有的财富是一百多万,那是她当时重新出发的底气之一,实打实属于她自己的。如今这笔巨款——是的,对她来说,是巨款,在她的账户上,真的就都是她的吗?

黑暗的高速公路上，朱见鹤一动不动把着方向盘，车子像在自己滑行。他们沉默着。实在是该说些什么来驱散渐渐来袭的困意，可小葵很快被瞌睡击倒，麻痹自唇周而始，涟漪般波及全身。在迷糊之间，她清楚地听到那个声音，他在喊她："小葵，小葵！"她惊叫着回应："田雷！是你吗田雷？"她喊出了声，一睁眼，看见朱见鹤手把着方向盘，却垂着头，一个弯道就在不远处，朱见鹤闻声抬头。转过弯后，两个人还是惊魂未定，小葵说："刚才，是田雷救了我们。他喊我的。"

开出一段路后，朱见鹤开了音乐，歌剧《卡门》的序曲响起，等节奏低落下来的时候，朱见鹤才开口道："知道了。赔偿款都到账了吧？拆迁办的朋友告诉我，下午手续全部完成，批量汇款的，今晚必定到账。"小葵点头，说："已经到账了。"

二

"你晓得你有三个端午节没回家了吗？"阿姆打电话过来说。端午节是岛上旧俗规定的女儿女婿回丈母娘家过节的假日，说是旧俗，新人类可以不遵守，尤其远嫁的女儿，可小葵不算新人类，小葵也不好算远嫁，阿姆既然这样出声埋怨了，再忙，也得回。

况且，小葵已经不忙了。

公婆从没有跟着回过岛，阿姆没邀请过，他们自己也没去的意思。可这一回，婆婆问清楚小岛上有Wi-Fi也有宾馆，听说还有酒吧，就说："索性我们一大家子去吧？把阿姨也带上。"这一行算上小儿子就是六人，小葵订了岛上同学开的宾馆，再三叮嘱有贵客来，卫生和服务各方面，拜托拿出最好水平来。朱见鹤说："好不容易去一趟舟山，精华部分不能错过，朱家尖和普陀山，是必定要去的。我们吃住在东港吧，有个集团的朋友邀请我去看看，试住一下他们还没对外营业的家庭套房。"于是，行程就又加上了三天，一周就这样排出去了，这是从前没有过的奢侈，有闲了。

宁波和舟山两地之间，仅仅是五座连绵的跨海大桥的距离，随时可以回，不用特意计划，可身陷忙碌，不列入计划，就难以成行。小葵进了这怪圈，不回首，自己也不知道已经那么疏于探亲了。第一段婚姻住的房子在定海，是单位分的福利房，一九九七年经过房改手续，就是她名下的了。大儿子十八岁时，她就把那套房子的钥匙给了他，说是成人礼物。五年前曾拿这套房子办过一年期的抵押贷款凑够了一百万，与朱家母子的六百万合在一起"救"了田雷的公司。按朱家母子的讲法，是他们家购入了小葵的公司。仔细想，朱家母子的说法更贴近现实。因为那公司虽是田雷实控，法定代表人却是小葵，朱家出资还贷之后做了一次变更登记，增加了朱见鹤作为股东，股权是49%，另外的51%是小葵的，合起来就是他们一家的，一丝一毫看不出田雷的影子。说是田雷的公司，那从何谈起？

田雷，被抹去了。那是二〇一一年的事情，他自己在自家车库里开尾气自杀先把自己的肉体抹去，再是他名下所有的公司都被用来抵债，最后是他实际持有却让别人挂名的公司被别人实际占有，这样，他所创造的财富也被抹去了。债主们还钉过田雷已经离婚的妻子名下的财产，却发现他们夫妻早在五六年前就离了婚，二〇〇五年那会儿发生了什么？那是田雷打算放手干的时候。但他们一直住在一起，他妻子，是的，没法说成前妻，因为自始至终，他就她一个妻子。可从法律上说，她名下的所有财产不在法院能追究的范围里，甚至，她有她自己的住处，在同一个小区的，那就连事实婚姻也规避了。奇怪的是，对于小岛上的父母，他没有做任何安排，也许，他晓得小葵会负起这个责来？但这是不可能的，小葵知道这是在为他开脱，他只不过认为妻子必定会负起养二老的责任来，换作是他，必定会的。可惜，他又错了。或许，他只是孝顺，不想让父母担一点儿心，不像她，总会对阿姆交底。

照顾田雷的父母，小葵也不敢堂而皇之地来做，她的前夫庄东明还为此特意告诫过她，不要和田雷的父母说公司和田雷的关系，不要对他们太过慷慨。他还是懂她，自以为能抢先一步为她打探好人生各关口的风险，然后，严厉地告诫她。朱见鹤其实也很像庄东明，是的，你总会落在同一类的人手里。不过，小葵吃过亏，好歹长了记性，这段婚姻里，她掌握了更多的主动权。是这样的吗？肯定是的。

开的车，是公司用过的别克商务车，装上一大家子和行李礼物，满满当当。小葵家所在的小岛还没通桥，但有车渡。那渡船是当初走宁波和舟山那道海峡的，两地跨海大桥一通，多出来的渡船就到小岛的渡口来服务了。这一路又过跨海大桥，又坐海峡渡轮，连小葵都有些兴奋。离开陆地，在海洋上，到底有些不一样。去故乡的心情，竟然也略带游客心态，小葵暗生惭愧。

终于，商务车在家门口的小平地上停了，朱见鹤和小葵一箱一箱往下搬礼物。

岛上的房子依山而建，小葵的家在半山腰，内海近在眼底。眼下又是从太平洋来的潮流涌入的季节，海水退去冬春季节的浊黄，开始呈现青色的底子，和对岸一层一层的远山很配。"这里真像濑户内海啊！"婆婆在她的职业黄金时期，带团考察过邻国日本很多地方，她的评价，和小葵的几个见多识广的记者朋友一样。小葵没出过国，她听说之后搜索过濑户内海地区的影像资料，果真人家所言不虚。小葵看着波光粼粼的内海，轻声说："过些日子，我们去日本看看吧？"

"去哪里看都行啊。"朱见鹤笑道，"只要不出地球，你想去哪里都行。"他又指着其中一箱礼物说："这是给田雷父母的。以后年节礼物和红包，有岳父母的，就也有他们的。老人家最怕有病痛，医疗费用，我们也出吧——这个不能明说，也得红包给。我知道你有愧疚，这样总能解开你的心结了吧？"朱见鹤在她耳边轻声说着。这些事情，其实，小葵早就在做了，只不过没知会朱见鹤而已。小葵想要的，是怎么细分这八千万，该田雷的，那就是田雷的。但到底应该怎么做呢？她到底舍不舍得？

阿姆和阿爹出门迎接，这是两对亲家在婚礼之外的第二次碰面。阿姆那边含笑不语，婆婆怕是拿出了她从前下乡调研时候的平易近人态度吧，公公有些窘迫，就抱起了孙子，也不怕沉手。阿爹当宝一样把小外孙接了过来，还掂了掂分量，说道："亲家母亲家公辛苦了。"小葵笑看着他们社交，要紧时刻，阿爹还是蛮镇得住场子的。田雷父母应声来迎，朱见鹤也认得他们，就拎上那箱礼物，朝他们家走去，小葵紧跟其后。田母一只手握了朱见鹤的手，一只手握了小葵的，摇晃着说："你阿爹阿姆命好啊，比我好。"朱见鹤顺势说道："我和小葵都是田雷的朋友。有什么难处，伯父伯母跟我们讲好了，我们必定尽力帮的。"田父别过头去擦眼泪，田母还在那里强撑着，说道："以前啊，田雷也常这样，一部车子装着一群朋友来，搬一箱东西给我，搁下就走，呼啦啦来，呼啦啦又去。刚刚啊，我眼花，把你看成田雷了呢，你们身量差不多。"小葵听得后背直发凉，再不想多说话，就拉着朱见鹤要走。田母总不放手，一双眼睛直盯着朱见鹤，深深地，要吸他进去似的，再三说："以后多回家啊，多回家。"小葵从田母的手心里缩出手来，又掰开她紧握着朱见鹤的那一只，说："阿姆在等我们嘞，以后再来看你们。"

出门后，朱见鹤倒安慰小葵说："别怕。老人家难免要糊涂的。你以前没有多和她讲过啥吧？"小葵说："她知道我去田雷的公司工作，其余的，她应该不知道。田雷不大和家人说他生意上的事情。"

田雷阿姆手上的力道一直留在小葵的手上，让小葵啥事也做不了，只呆呆立在家里。小葵往常回家，看家里就是一个整体，任何东西都不是单个儿的，它们汇聚在一起，就是一个家。可今天不一样，小葵用了婆婆的眼光去看，就看到了卫浴用品是杂牌的，桌布是塑料的，待客的杯子是一次性的，她第一次出门读书时买的大红色的行李箱，四周都脱胶起皮了，把手那里都生锈了，还放在醒目的位置。幸好，奶奶留下的几件老家具给家里扳回一局，比如七弯雕花梁床，婆婆在那里惊叹："可见你们从前是殷实人家！"对，她说的是从前。等秋后，小葵打算好好给阿姆一笔钱，可知道给也没用，阿姆只会存起来给她儿子，哥哥家有的是用钱的地方。

好在小儿子成成是一切视线的中心，他也习惯了这个中心位置。从婴孩时起，小葵不记得他要横号哭过，也不用耍小心眼小计谋，他只要说"要"或者"不要"，其余，都不需要他操心。他对小葵自然有依恋，依偎在小葵怀里的时候，母子俩都觉得惬意满足。可他又不是非常依恋，离开她，并不会让他紧张不安，不像她和大儿子的关系。她和大儿子浩浩是一体的，是彼此的唯一，他们是他们，此外是世界。这排他感，类似恋爱，即便后来的朱见鹤也不曾改变这个关系的强度，母子连心，看到这个词时，小葵天然地想起她和大儿子。至于小儿子，那更像是她给朱家的一个礼物。这一点，是在此刻，小葵坐在自己家里，拿着阿姆自己包的碱水粽子，一层层打开竹叶，才看清楚的。

但看清楚了，又能怎么样呢？

午饭后,小儿子要午睡,公婆也要午睡,朱见鹤便要带他们去宾馆入住,阿姆本就对自己家无力容纳客人而愧疚,也催小葵一起去宾馆照应。"来过就好了,见着就安心了。"阿姆对小葵说。小葵竟有些被抛弃的感觉。她本想着,等朱见鹤带着他家人离开,她和阿姆阿爹好好说一会儿话。阿姆看小葵置身于朱家之中,是否能释然放心?小葵猜测,大概是这样的。阿姆就一直认为自己是杨家人,不再是娘家的一分子了,她的荣耀和喜怒哀乐,都在丈夫家。

小葵同学的宾馆在街上。这条街是这个小岛唯一的中心,汇聚着银行、邮局、商店、宾馆和快递驿站。小葵一家下车时,一众注目礼奔涌而至,那么,是同学预先做了宣传吗?她开始后悔,但是已经来不及了。她只好对着几张可能熟悉的面孔微笑,于是,围上来好些人和她打招呼。朱见鹤站在她身边,一边礼貌又矜持地说着"你好你好",一边就拉着小葵快速进了宾馆大门,动作坚定,一点儿也没有拖泥带水。

来前就说好了"包店"一晚,这会儿,这清场了的宾馆就只有他们一家。到点就要"放平"的公婆被安排住最靠里边最安静的一间大床房,中间隔开一间是小儿子和育儿阿姨入住,中间再隔开一间,是小葵夫妻。可是,带点困意的婆婆说:"这样吧,我和阿姨一间,爷爷和宝宝一间吧,宝宝还有功课要做的,爷爷要签字。"小葵忙说:"房间有的是。妈妈你一个人睡一间去,阿姨我来安排。"

同学名叫菲菲,她跑前跑后安顿好了他们一家,回到小葵身边,笑说：“你真有福气啊，宝宝有那么多人带。”小葵笑笑，不知该如何接话，莫名却问道：“从前田雷也是来你家宾馆住吧？”出口后自己就后悔了。

菲菲说："是啊，他也是包店住，跟你一样，大老板风格。五六年前回岛上来烧船木篝火那会儿，天南海北一帮同乡聚到这里，包了我这个小宾馆狂欢，那情形就在眼前啊……"话说到这里，朱见鹤从房间出来，手里拿着冰格和几瓶依云矿泉水，说："晚饭请酒吧的调酒师过来这事，请务必安排好了。已经带了上好的葡萄酒和威士忌来，我们这就去把冰块冻上吧。"小葵说："还是不要了吧？"朱见鹤说："听说岛上的调酒师调的鸡尾酒很地道呢，既然来了，就安排一下吧。"

朱见鹤能听谁说呢？自然是田雷，那会儿朱见鹤是田雷的财务主管。

服务员领着朱见鹤去了厨房，菲菲贴到她耳边说："你老公看着好年轻啊。你公婆一看就是有钱人家。你这二婚，嫁得真好。"小葵顺着她的话说："是啊，姻缘真是莫名其妙，我这样子，也算是靠婚姻翻身了，严格来说，实在算不上啥大老板。"菲菲笑道："放心，我不会问你借钱。你要是大老板，我倒要提防你问我借钱了，就像田雷，最后一搏那一下，就是借了岛上同学和亲戚的钱，等我们得到消息他要破产了，钱也已经借给他了，晚了。唉，谁晓得他最后会这样收场……"

"那钱，后来你到法院登记债权了吗？"

"没有。也是消息得知晚了。可登记了也分不到多少，税金啊，贷款啊，这些都不够抵呢。最后还是他老婆卖了房子，利息算银行存款利息，本金都给还了。他老婆说不想给田雷在故乡留骂名。这女人，仁义。"

"不是说他们已经离婚很多年了吗？"

"她说这是田雷给自己家留的后路，可赖账算怎么回事呢？借了就是借了，父债子还，她这是代儿子还的。"

"他们儿子那会儿还未成年吧？"

"是啊，所以说这女人就是仁义啊。"

小葵不禁呆了，好一会儿才问："当年和田雷一起来的那帮生意成功的同乡，他们后来怎么样了？"菲菲低头回想了好一阵，才说："也就两个还好吧，他们最后总算找到了'国字头'的金主帮他们还上了贷款。二〇一一年那前后，倒下多少老板啊！田雷不也是倒在资金链断了？先是追求做大做强，大字在前对不对？银行也肯贷款给他们，好了，大是大了，杠杆加得满满的，猛然银根一紧，这杠杆就把人打趴了。打趴了还是好的……"菲菲说着眼眶湿了："我们小岛出去的人，赤手空拳，也能自己打下一片天地，多让人骄傲。我眼痒，不眼红，就跟自己也实现梦想了一样，欣慰。看他们一个个倒下，真的难过，那个成语怎么说来着？兔死狐悲。"

朱见鹤从厨房出来，听了个话尾巴，顺手抽了张纸巾递给菲菲，说："人生无常，晚上我们好好喝一杯。"菲菲笑道："人生有常的，否则我们眼巴巴地熬个啥？你们俩快去午休吧，我也眯会儿去，这春末就是困呢。昨晚上有客人大半夜到，一艘巴拿马船来，幸亏只住一夜，船员们今天去城里玩了。"

"好啊，我们休息一下，起来后去岛上转转。"

小葵本来也要带他们环岛看一下。大城市来的人，对于小岛，总是俯视的，小葵自己来自低处，对于这种莫名其妙的优越感，总觉得可笑。朱见鹤开车环岛转了一圈，化工厂、造船厂、海上平台、厂区里的海关、在修的通往另一座岛屿的跨海大桥，这些带着现代印记的东西，他们看后并没有如小葵期待的那样给出"哎呀小岛上也有这么大的工厂"之类的感慨，倒是对两座民间小庙赞不绝口，一座是供奉戏班子里的郎中的，另一座庙里有很大的戏台。很多年前，在她进城读高中前那个暑假，她和哥哥带来的渔业公司的两个城里同事一起玩了两天，要是今天她是带着他们来重游，那就不一样了，他们一定会惊叹这个"现代化"了的小岛。现在的游客才不要看啥"现代化"，他们要原生态，同时又要享受现代生活的便利。

巡游一圈，回到宾馆，吃海鲜，喝鸡尾酒，一家子酒足饭饱，又是包场的，店里没别的客人，公公看上去特别放松，拉着育儿阿姨跳探戈给大家看，两人居然配合得很是默契，大家惊叹拍手。菲菲的生意看着应该不错，不多会儿工夫，小葵听她在电话里推了好几位客人。不过小葵是按所有房间跟她结账（实在也就十来间客房），犯不着内疚。

但还是另接了一对小情侣。菲菲带他们来说，现在夜班渡船时间已经过了，街上别的旅馆也客满了，这俩孩子没地方住，这个点，怕也没地方吃饭了。那对小情侣和小葵夫妻隔开一间住下，厨房热热剩饭，将就吃点。菲菲笑着说："我看你婆婆有些不高兴吧，都说好包场的，又接了客人。"小葵说："哪会啊。"其实是有点的。菲菲又说："要不我带你们去烧篝火补偿吧？这大概是岛上最后一条拆解的木船了。"小葵心头一惊，就只摇摇头，说："太累了。现在海边也太冷了。"

"上回田雷他们烧篝火还是大冬天呢。"菲菲直盯着小葵的眼睛，"你住的房间，上回田雷来，也住那里。"

她是存心这样说的。她一定知道些什么。

小葵稳稳接住她的眼神，直到她移开。小葵还是有这个定力的。但人怎么看得到自己与人对视的眼神呢？也许神色里都是漏洞。她回到小儿子身边，公公正和他一起玩拼图，看到她就说："宝宝能独自拼出中国地图呢，一个省都不会错。"宝宝受了夸，更起了兴，就把拼图打翻打乱，在小葵的注视下，又凝神拼起来。果然，每块拼图，他端详一下，就知道放在哪里，一次都没错过。公公满眼骄傲，小葵自然也是开心的，可也就是开心。她给了儿子一个大拇指，说："叫阿姨给他洗澡吧？早点儿睡，明天还早起呢。"

明天一大早，就离开这里吧。

小葵回房间，和朱见鹤两个人把晚餐剩下的鸡尾酒都喝了——调酒师的手艺果然不差，朱见鹤挺满意的。小葵一向觉得，岛上的夜色黑得很纯，空气也带催眠成分，很少有人能熬过九点，除非你特意地去找够刺激的玩，何况，他们两人又喝了酒，睡意来得越发浓郁，简单冲了个澡，也就睡下了。小葵是被呻吟声吵醒的。那对小情侣忘情到这个世界只有他们俩似的，冲撞、呻吟、叫喊，每一声都是满满的欲望，无休无止。朱见鹤也醒了，摸索着小葵的身体，熟稔地确认着进入的时机，那之后，他就不自觉地跟随着小情侣的节奏，小葵也参与其中，和他一起稳住，夜海上两艘船并排航行似的，在女孩子的高声部中附上小葵的低声部。四周浓黑，她在这个岛上曾有过的欲望体验，也挣扎着要参与进来。那个夜晚，田雷带她散步到防波堤尽头的废弃碉堡，她的后背硌着粗粝的水泥堡壁，前面是瘦怯田雷的肋骨、大腿和他的欲望。隔着衣衫，她被吻着，被挤压着，有新奇和慌张，没有喜悦，但是，欲望是有的，它被挑了起来，迅疾又被她猛地摁了一下，她只允许他这样吻她。紧接着一个夜晚，哥哥带来的城里同事——他们已经愉快地相处一天了。月光下院子里他们几个年轻人露天过夜，在她睡着的时候，他的手，在毛巾被底下，从上到下抚摸了她，她醒了，但她故意装睡，虽明知被冒犯了，却因为欢喜，就秘密同谋了。他一定知道她醒着，他也一定侦测到了她的欲望，他尽力想用手满足她。她和他的呼吸会出卖他们，于是，他们都屏住了呼吸，如同在深水海底，近乎窒息的甜美，锐利，安静。

如同此刻，欲望自青春岁月奔袭到初老之境，释放的片刻，她还是感到了羞耻，一半是因为自己老了，另一半是因为老了却还是仓皇无着。她,到底算什么呢?

第二天早饭时,婆婆说:"昨晚真吵啊,那对小情侣,都快闹翻天了,隔那么远,都听得到,嘿咻嘿咻。"朱见鹤笑了,小葵不禁脸红,公公居然也脸红了。阿姨手上在剥的鸡蛋滚落了,她要去捡,小葵忙说:"不要了,不能吃了啊。"

三

小葵没想到这趟旅行会改变她的人生轨迹。

次日早晨,他们算着末班船的时间,匆匆离开小葵的岛。小岛的渡口上午就三班船,为了不误船班,阿姆阿爹到旅馆来送他们。一早就来了,带着两筐鸡蛋和两筐鸭蛋,算是回礼。小葵本想说不用带了,她还想在开车前的最后一刻,躲过阿姆的视线卸下给菲菲。但这两样她都做不到。这四筐易碎的蛋,和他们坚硬的行李,在一起了。一路上,小葵都在担心,她不是担心蛋会碎了,这不是问题;她担心蛋弄脏了行李,还担心蛋壳上残余的鸡鸭粪便会污染车内空气。

朱见鹤从驾驶座伸过手来,轻轻握了小葵一下。小葵感激地朝他笑笑。朱见鹤情绪向来稳定,会安慰人,还做得一手好菜(尽管不常做,因此,难得做一回都当是创作),还勤奋上进,而且,比她年轻,身体有劲,这样的丈夫,还有什么不满足的呢?

她闭目养神。公公、宝宝和育儿阿姨坐在最后排,公公一路在和宝宝聊天，说的是水的几种形态，声音被颠簸得高低不平。中间那排独坐了婆婆，她气息稳稳地接了两个电话，其中一个是说和小葵的公司同一个区域的公司获得了多少赔偿，小葵听着，感觉还是自己公司得到的赔偿多——也是应得的，公司前年新购的设备是能往高新上靠的呀，但第三方评估那一块，朱见鹤母子肯定是做足了功夫的。婆婆说："我的股票一大半涨了，有三只还涨停了，晚上海鲜夜排档，我得请客！"

朱见鹤笑道："妈妈，这里最大的老板是小葵呢，请客这事，您老不要和她抢。"小葵说："我们都归妈妈领导，自然妈妈最大。妈妈说请客呢，我们就都得好好受请。"婆婆道："我就说嘛，我的儿媳比儿子更称我心。你们就想想要吃什么吧！"

这样的婆婆，还有什么话说？

宝宝稳稳地说："我要吃梭子蟹。"他总能把要求提得很明确。公公连忙说："梭子蟹得再等等，到九月禁渔期过了，我们才可以吃到。在禁渔期里，法律上说不能捕梭子蟹，渔船捕了就是违法的。"

"那吃梭子蟹的，违法吗？"宝宝问得清晰，他知道关键在哪里，他还在为自己争取。我的身上，也有这样的基因吧？小葵不禁扭头看向宝宝，看他紧皱的眉头，很想知道他下一步的对策是什么，也想看看被考问的公公怎么应对——也难为他了，这个退休的工程师每天拿出浑身解数在养育孙子。

有这样的公公，还有什么不满意的吗？

"在禁渔期吃梭子蟹的人，法律不会追究他违法，但是……"公公还在想怎么说呢，宝宝已经想出了他的解决方法："我们可以不叫大渔船去捕，我们可以叫一只出去玩的小船捕，就捕几只，给宝宝吃。"

婆婆惊叹道："宝宝，你是怎么想到这个办法的？"

"奶奶您教过我啊，办法，总是有的。笨蛋和胆小鬼才总说'没有办法'。"

有这样的宝宝，似乎也是可以放心的吧？

一车的人都拍手笑，宝宝自己也拍手笑。婆婆已经在给她在舟山的朋友打电话，问有没有休闲船出海凑巧捕上来的梭子蟹，有的话，请帮忙留六七只，没有这个数呢，三四只最好要有啊。朱见鹤轻声对小葵笑道："爷爷奶奶终于在宝宝身上实现了在我身上没完成的梦想啊。"小葵道："你也很会的呢，只是你不自知。我旁观者清。"

一路说说笑笑，到了东港。这一带是舟山最具都市气息的地方，外地人到此大多会小小惊讶一下，原来此地还有这种气派？朱家人也果然惊叹了一番，连叹洋气。东港本就是这二十多年间不断填海，从海里讨来的土地，海市蜃楼成了人间实景。朱见鹤朋友的项目就紧靠海岸，与普陀山露天观音隔莲花洋对望，是时下流行的广场设置。

小葵虽说是舟山人，但她在舟山时的活动区域一直在本岛西部，对于本岛东部也很陌生，也就怀着好奇跟着参观这个项目。

最后，他们被领到住处，试住家庭套房。小葵说："爷爷带着辛苦，宝宝今晚和妈妈住吧？"爷爷说："不辛苦，你们俩好好商量生意上的事，我呢，好好带宝宝。这个夏天，我们肯定能完成学前教育。一家人，分工最要紧。还有，见鹤今晚要看欧洲杯吧？法国和我们差几个小时啊？"

一家人的午睡总被安排得像大事一般，小葵午睡时间短，眯了会儿就醒了，悄悄下床，去这套房附带着的观景露台。育儿阿姨也在，露台上有个洗衣房，她就在这里处理昨晚换下的衣服。小葵近前看看她有啥好帮忙的，阿姨一抬头，那眼神就把小葵止住了。一起过了五年多，阿姨话不多，界限感和分寸感都有，并没有十分想把自己融入这个家庭，反倒让人不敢小看。除了照顾孩子的本分守得牢牢的，她偶尔会顺手做一下家务，比如此刻给大家洗衣服，小葵看她把公公婆婆的内衣裤也手洗了。

小葵这个年纪，小学和初中时代都还没有强制实行"九年制义务教育"，她的小学同学中有几位读到一半就进城当保姆了。小葵那时候也想过，自己万一没能考上（那时候考上初中中专、高中中专和大学，都是包分配工作的），大概也会去当保姆吧，会被人家叫"阿姨"，人家会忘记她本来的名字。这会儿，她也想着阿姨身份证上的名字，可总是想不起来，不应该啊，都一起处这么久了。她不由自主皱起了眉头。

看阿姨晾好大大小小的衣服，又细细扯平了皱褶，小葵还是没想起她的名字。阿姨叹了口气，想说什么话，又屏住了，等着小葵开口。小葵没话找话，带了点愧疚，说道："这家里啊，就你和我两个是外人。"阿姨眼神慌乱了一下，随即笑道："我做过的人家里，你们这一对婆媳，是处得最好的呢，这不是虚话。葵总你必定不是外人，奶奶哪会把你当外人。就说我吧，在家里五六年了，也不觉得自己是外人了呢。"小葵接住这番话，细想了想，笑了。

"奶奶说你以后要专心养宝宝了？"

"奶奶这样说了吗？没有的事。"

"哦，奶奶就说过一嘴，说论年龄，你也是接近人家退休的年纪了，是该休息了。"阿姨压低声音说，"奶奶在托她的朋友们给朱总谋个好职位呢。"

"你安心带宝宝，我退休还早呢，还得你帮我忙。"小葵这样安抚阿姨，她这会儿终于想出阿姨的名字了，"宝珠，你是我请进门的，你的去留，我这边定了就好了。"

"是户好人家呢，我这几年做得也安心，爷爷奶奶又一直在帮我。谢谢啊，我知道怎么做。"宝珠把声音也压得很低。

小葵不必跟一般学前儿童的妈妈那样操心幼小衔接和好小学，她现在要紧的是操心她自己，她得把自己安顿好。如果她仅仅想做个好妈妈，那么，她的人生，不是现在这个样子，她一定还在她的"前世"里。一段婚姻就是一个世界啊，她是有两个世界的人。

在回房间之前，她先登录了手机银行，再看了看那串数字，都在，一个零也没少，一个数字也没少。她又给她的大儿子打了一个电话，她问："浩浩啊，你在忙吗？"大儿子说："妈妈，你没事吧？怎么听着有些心事？我都好的，我正在上雅思课呢，对的，就是妈妈你帮我报的'一对一'名师加强课。"小葵赶紧挂了电话，那课特别贵，耽误一分钟都不舍得。

在这个世界里，小儿子被众星捧月。在另一个世界里，大儿子在边缘徘徊。离婚后，浩浩法律上归前夫庄东明，但小葵和朱见鹤一直带着他读完初中，高中住校后，他也依旧每周回家一次。浩浩想出国留学，小葵也觉得没啥问题，她出得起这笔费用。可朱见鹤说："这也太便宜庄东明了吧？留学的学费归他出，生活费我们来出，听说这两样其实是差不多钱，两家就是对半开了。学费是有数目的，庄东明得给明白，生活费有弹性，我们来出，这样才不会委屈浩浩。"她和庄东明在电话里商量，庄东明却说，他可能出不起这笔学费，人穷志短。小葵说："这是哪里话啊，卖掉一套房子，不就都有了吗？"庄东明说："我有两个孩子呀，那房子得留着给浩浩结婚用，大学嘛，按浩浩的成绩，国内也有好学校读的呀，不用出去了吧？"小葵心一急，说话有点冲了，庄东明就有些恼火，说："要不这样好了，浩浩归你好了，改成你的姓吧，我没意见。"

幸亏这样的对话，浩浩没听见。小葵也没把庄东明的原话搬给朱见鹤，实在说不出口，她只强硬地跟朱见鹤说："浩浩和宝宝一样，都是要好好培养的，不行可以把浩浩的姓改过来，改姓杨就好了。"朱见鹤说："改姓？这是庄东明的阴谋，他知道你现在会有一笔大进账了，他这是讹我们。"朱见鹤说的，也不是没有道理。庄东明知道前因后果。田雷帮她搭好了舞台，让她演主角，他幕后操纵。接着，田雷去世了，她小葵和朱家就占了这个舞台，庄东明质疑小葵财富的正当性。而朱家不会这么想，他们对田雷不会有道义上的愧疚，而小葵有，庄东明也知道小葵有。

真卑鄙。朱见鹤这样评价庄东明，甚至，他有点迁怒于浩浩，也许，他的想法也和庄东明一样，为什么要多事去留学呢？

幸亏浩浩不知道这些，小葵一想到浩浩可能会知道这些，她的心就揪在一起。现在，田雷给的舞台消失了，小葵的主角身份也就消失了，往后，她只是朱家的儿媳妇的话，浩浩怎么办？浩浩在她的两个世界的缝隙里，对于这两个世界，无论他法律上属于谁，还是实际上和谁一起生活，都已经是外人了。

是谁把浩浩的世界打碎的？是她。她越是幸福，浩浩的不幸就越发不幸。小葵很怕自己陷进这情绪。她就快五十岁了，激素变动带来的情绪波动和身体变化，她都体会到了，但她不敢说出来，潮热袭来，身体里有团火在烧着，她也没有说出口。公司里的各种忙碌，是一个个情绪出口，和下属商量事情，她鼓励他们跟她争论，"真理越辩越明"，其实不是，她只是在把这些破坏的能量引到建设的事情上来，她没有建防波堤，只是拼命在打通渠道，把洪峰一个个泄掉。

她得给自己找些新渠道。

晚饭是婆婆的老朋友请客，没放在露天的夜排档，那里一切都暴露在众人面前，所有的动作都是明晃晃的，他们都不大喜欢。本地特色必须是有的,他们吃饭的餐馆造在海上,他们得走过海面上长长的玻璃栈道到达包厢。这时节还不用空调,房间里四面窗都开着,窗上垂着白色纱幔,被海风鼓动着,一个个飞天似的,迎接他们入座。梭子蟹果真有,确实是海上休闲的船只玩着捕上来的,明晃晃橙黄色的壳亮眼又诱人,宝宝欢呼起来,小葵却有些不舒服。

婆婆和老朋友没寒暄几句,就又说到房市上去了。她那朋友原先是跟着温州炒房团四处游击的,五六年前是个关口,那一帮人都一蹶不振,温州房市不行了,温州炒房团也都炒不动了。还是得中长期投资啊,买杭州的房子呢还是宁波的?婆婆看好宁波房价的长期走势,朋友建议无论短期还是中长期都是杭州好,两个人在那里互相说服。公公依旧一门心思扑在宝宝身上,他的羽翼张得很开,小葵近身不得。朱见鹤和他那个做酒店项目的朋友聊,朋友说这个项目是轻资产的,所有的房间都是由业主买下的,房价里含了精装修费用的,他们只是十年一期租了来,一年给差不多银行利息的两倍吧,其余的就都是承租者的收益。这里是普陀山、朱家尖和普陀南部诸岛交会的金三角,这个生活广场又吃喝玩乐齐全,他对这里的经营很看好。事实也是,承租出去特别顺利,现在手头就只剩下一栋楼了,就是今天小葵一家试住的,那一栋大多数房型是家庭房,一家人来住,就跟住家里一样方便。而且,做实业最怕货款各种拖欠,这个项目面对的散客居多,天天有现金流入,在旅游旺季的时候,日进斗金,哗啦哗啦地,简直听得到钱进门的声音。

小葵接口道："明天让我看看你们的项目书吧。"

朱见鹤打趣道："做水产的转行做酒店，这转身有点大吧？"

"缘分来的时候，不要说转身，转圈，转好几个圈，都是有可能对上的。再说，近来不是常在说'供给侧结构性改革'吗？我从生产领域转到消费领域，也是对产能过剩的一种积极消化吧？"

婆婆停下讨论，视线整个儿地到了小葵身上，她说："我们都以为接下去你要享受人生了呢。"小葵笑道："妈妈您还指点江山，我们后辈怎能坐享其成。这不是咱家的'家风'。"婆婆和她的朋友都笑了，说："这孩子最近看来是在狠狠学习啊，这说的都是时下的热门大词啊。"

朱见鹤默默剥蟹，剥得很投入，没有跟着说笑。来之前，他已经成功劝退小葵再投资水产了。那行业正在转型，如要从头开始，他们得去拿地，去建设库房，去跟进保鲜科技——现在出口最受欢迎的是活鱼，是冷链保存和运输的冷藏品。可留给冻品的利润空间越来越小，渔业捕捞量也越来越少，也就是说，粗加工所需要的原材料也在减少。"从末梢到源头的变化，都在提醒我们：该结束了。"朱见鹤是这样总结的，接着他给小葵描绘她接手宝宝的教养之后的美好图景，"否则，宝宝是爷爷奶奶的宝宝，不是你我的宝宝了。"为了增强他的说服力，他说小葵最先吸引他的是她对浩浩的母爱，那么投入，那么细致，那是他一直渴望而不得的。

小葵当时很平静地听他说完，千言万语，他无非想说的就是，我们见好就收吧，把这八千万元好好留在家里吧，那可是八千万元啊。可她也不想这样明说，那时她只笑道："怪不得啊，你不是娶老婆，你真的是给自己娶了一个'我的娘'。你说得没错，这行当，我也不想做了。正所谓，'干一行，怨一行'。"她知道她这样也只是说说，离开这个田雷搭的旧舞台（能彻底抹除痕迹那就更好），可能是他们夫妻共同的愿望吧。

好在自己总还有一些决定权。小葵掂量着自己的分量，到底有多重呢？想是想不出来的，得到具体的事情上去称。

第二天，小葵看了项目书，最吸引她的，是轻资产这个概念。她手上的收益，是从重资产来的，她深知那些意味着什么，她也约莫知道，这样的机遇，不会再来第二次了，那是一个时代的风口。回到宁波后没过几天，朱见鹤也开始松口。他的新职位是这个集团的财务副总，东港是集团的一个项目，这个项目确实是走轻资产路线，而且，另一位他认为很有实权的副总的夫人，也承租了这里的一幢酒店楼。他对其中的商机还没有感性认识，可那位副总是在集团经营多年的，一定深谙其道。朱见鹤对小葵细细描述了他的调研成果，于是，小葵一时兴起（至少看起来是），终于又成了家庭投资。一切就都按着商业投资运作起来，签订承租合同之后，小葵还有些恍惚感，她终于又回到了舟山，她回来了，回到她的"前世"。

四

往年，舟山的旅游旺季从七月就开始了，可今年会提早，也会更旺。因为杭州在紧锣密鼓筹备G20峰会，民间的旅游被鼓励到杭州之外进行，杭州的市民也被鼓励外出旅游，舟山本就是旅游城市，自然也收获了这一波因护航峰会而生的商机。小葵暗自庆幸，万事开头难，她的开局，却可以乘这个东风。事情顺遂时，舟山人常会说一句"观音菩萨保佑"，小葵也不由自主说了好几句呢。

虽说酒店客房都是现成的，可员工招聘、培训啊，空调、电梯、水电、消防调试啊，一件件都马虎不得。朱见鹤也已入了新职，可他还是抽空帮忙料理小葵这边的事情，特别是酒店的信息管理系统，预订和收银那一块，他老老实实到另一位副总的夫人陆总那里去"拜了码头"——他已经打听清楚了，她已在这一块经营酒店多年。他放低了身段求合作，因为房型不同，小葵这边重在家庭房，她那边多是标准间，合作关系多过竞争关系，于是，一通谈下来，说好了，她会带带小葵的酒店。不料今年家庭出游的人比往年多，小葵的酒店刚做好拓荒清洁未及开业呢，就已经成了陆总酒店的外延，员工的培训也就成了实操，那就赶紧进入试营业阶段吧。所幸倒也没出什么大的差错，到了七月底，生意兴隆，就把原先筹划的开业阶段各种推广活动都省略了，算是无缝衔接到了开业，下一步她要摸索着独立起来。"我们小葵就是福将呢。"婆婆依旧是一贯的赞赏。

小葵近年也不知不觉受了婆婆的影响，即便情绪烦躁到要借着工作渠道讨论争辩来疏解，到最后也是正面肯定下属的时候多，这让她有了好老板的名声。做酒店行业的，情绪管理就更要紧了。既要有权威，又要尽量显得通情达理，这平衡，就几乎是修行。这两个月，小葵也把这名声带到了东港。旅游旺季相对难找到有经验的客房服务员，小葵却靠着服务员之间相传的口碑，把这支小队伍稳住了。有个消息灵通的服务员还跟小葵建议，和这幢大楼相连的附属楼那里有一个茶楼，是个旺铺呢，那老板要出国了，在转手。"老板你把它拿下来做餐饮，那不很好？"小葵实地去看了，和老板谈了，果然好。立马就知会了朱见鹤，把这茶楼也转了过来，这一幢楼就全是小葵酒店的了。小葵不仅是这栋楼的承租者，她也是这栋楼的业主了。黄昏时分，海天交接处霞光万道，她的楼，在霞光中金晃晃的，像个金元宝。

浩浩在上海考完雅思后就直接到了酒店，一看就赞不绝口。小葵本就留了一套带露台的自住，不过，她的行李都收拾在两个行李箱中，服务员每天打扫她这套间，遇到没有余房的时候，她就两个箱子一拉，到打烊之后的茶楼，打开折叠床睡一晚。浩浩来了后，她只好固定住在那个套间里，有一晚遇到客满，她居然有点心疼她和浩浩浪费了一套客房，而定海的家里却空置着，小葵甚至怀疑是不是庄东明的家人住在里头，她有点后悔太早把钥匙给浩浩了——幸亏她还没过户给他。

这样算计的时候，她笑自己，原来生意做小了，格局也会跟着小。浩浩住了半个月，几乎天天客满，小葵终于熬不住了，让浩浩回定海家里去住："我明天也过来和你住，我想，一定得好好收拾一下了。"小葵试探着。果然，浩浩委屈地说爷爷奶奶说是过来照顾他的生活，已经住进来快一年了。这话，其实也在理，浩浩毕竟是刚过十八岁的孩子，她似乎还得谢谢爷爷奶奶才对。小葵只好叹口气说："浩浩，你该告诉妈妈的，你知道的，这是我的房子。"想想到底不甘心，又给庄东明打了个电话，告诉他，她回舟山发展了，她得回自己的家住，请爷爷奶奶什么时候搬走吧。庄东明说："你不是把房子给儿子了吗？"小葵说："对啊，我是给儿子住。是住。"

"这回田雷的产业拆迁，你不是得到了一大笔钱吗？一套小房子，你也要争啊？"庄东明笑道，"不过我会通知二老搬出去的，你放心。"

他是嫉妒了。当初她嫁人，他一点也没有嫉妒，那时他是俯视她的。这些年，她自己做老板，她发财了，于是，他真心嫉妒了。不仅嫉妒，他还质疑。小葵气得浑身发抖，有那么一刻，一个念头闪过：浩浩说要去留学，说不定也是他的主意？她让自己打住，不要再往下想了。这些年的委屈，不知从哪个角落涌出来，扑哧扑哧冒着泡，要淹没她似的。

浩浩说道："妈妈你别生气，这事情是我不好，我该和你说的。这房子是你的，我该坚持要告诉你才对。"他说得有点颠来倒去，声音也有些发颤。小葵的委屈里头就又加上了对儿子的心疼，自责和愧疚比委屈更尖锐地插进肉身，她抱住儿子，说："浩浩，妈妈对不起你，给了你这样一个世界。"浩浩回身抱住了她，一下接一下拍着她的后背，说："妈妈，你放心，你已经做得很好了。你要相信，我一定会维护你的，我是和你在一起的。"

她在重回旧世界，那些瓜葛，多年来，伏地生长，每一步，她都会身陷乱麻。她实在应该卖掉那套房子，在酒店旁，再给她和儿子重新买一套。不要去那个旧世界了。"你今天也不要回去了吧。我们把那老房子卖了，在这个普陀天地附近再买一套新的，就你和妈妈，我们俩住。"

儿子从她的怀抱里挣扎出来，哽咽道："可是，他们是我的爷爷奶奶和爸爸呀。对于家，我也只有定海那个家了。妈妈，不要卖了它，我一个人住，我不要爷爷奶奶照顾，我会一个人住……"

小葵从没有看见儿子这样泪水滂沱，他盯着她，表情惶恐如街边那些无家可归的野猫。她以前听别的妈妈说自家青春期的孩子多么叛逆，总庆幸浩浩一直是个好孩子，对于身边的人，他总是会去体贴和同情。此刻，她才突然明白过来，一直照顾别人感受的孩子，心里头一定埋了很多委屈。会叛逆，那是人家有不怕失去的安全感吧？

小葵平静下来，给庄东明打电话，她说："不要给爷爷奶奶打电话，说起来，我得谢谢他们照顾浩浩。但是，那房子是我的，务必请维持原样。还有，刚才你说的，关于拆迁赔偿，那是我们该得的。田雷生前就已经拿走了他自己的部分，你这样说，很有恶意。"庄东明在那头沉默了好一会儿，才说了句："好吧。那就这样。"

那夜，浩浩还是回去了。要不要在酒店附近买房子呢？她很快否决了这个想法。第二天，把行李都理了出来，给浩浩新买了拖鞋，买了一个书架、一盏护眼台灯，这套房，目前就算是个家吧。她拍了照片，用微信发给浩浩，她说："我们在一起，就是家。"浩浩在微信里给了她三个大拥抱。那天晚上，他拖着一个大行李箱从定海坐公交车回来，住进了他们母子临时的家。他的书桌朝海，一抬头，远远地，能看到普陀山。

五

驳斥庄东明的那一刻，小葵也看清了自己的立场，虽然她心有愧疚，但是，她也认为，田雷已经拿走了他该得的部分，剩余的那些，是对她这些年辛劳的补偿。按照拆迁计划，这两个月，她的水产公司正在被原地爆破拆除，一起被摧毁的还有那些沉重得无法移动的设备，一切都夷为平地了。

小葵引导着自己的思绪，她已经有好些天没有想到田雷了。只有心安理得，才能睡得着啊。她和朱见鹤也说了她的想法，朱见鹤笑道："我的娘，你终于想通了啊。我们的一切收益都是正当的，你一定要理直气壮的啊。"

理直气壮之后，小葵觉得在自家酒店附近另购一套房，也还是很有必要的。家，是和安定在一起的，酒店，属于旅途，是漂泊状态，不宜久居。

理直气壮之后,小葵就开始考虑不久的未来,旺季是老天送来客人,淡季呢?是她得让客人找到。她开始和从前没打过交道的人交起了朋友,旅行公司,休闲渔船,海钓团体,禅修精舍,遇到的人常让她惊掉下巴。一个做海钓船生意的,姓陈,对小葵巴结得很,微信里每天简直是晨昏定省。

茶楼也顺利接手了,就跟当年她接手水产公司一样,连人带设备仪器一起接过来了。既然前期生意还不错,那就连店招也不改了,双方只要一起去把营业执照、银行账户之类的信息变更一下就行。"大概我就适合二婚吧?"这样的玩笑话,她是调侃给自己听的,毕竟,人家朱见鹤是头婚嘛。

茶楼之前的法定代表人也是女的,两个女人花了一个下午把这些事情都办了,幸亏有集中办公的行政中心,幸亏中心附近一溜儿都是银行,她们悠悠闲闲就把正事办好了。"去我家喝口茶吧?"前茶楼老板娘娟姐邀请她,小葵一边连声说好啊,一边就顺手在路边花店里买了一大捧非洲菊,灿烂的黄,芬达汽水一般的颜色。一进门小葵就惊叹娟姐的家简直就是她的梦中情房,一百八十平方米的大平层,离她的酒店近,还是海景房,装修得也亮堂舒适,主色调是白色和淡淡的金色,舒适但不奢华,和她带来的花很是相配。

"那么,你把这房子也买了吧?"娟姐笑道,"我们已经在中介挂了牌。"小葵录了视频,晚上发给朱见鹤看了,也说了价格,因为卖得急,价格是比市场价稍微低点,明着说是为了给那边的孩子买房子,实际上呢,可能是移民了就一次性带家当出走吧。朱见鹤说:"人家的事,我们不揣度了,可你这是在做啥?这不是要重走重资产之路吧?"说是那么说,却也赞同她把这房子一并收了,他说:"我的娘,你放心买,我们有钱。"小葵也让浩浩看了视频。"那不会卖了你的那套老房子吧?"浩浩还是一脸担心,小葵再三保证说她坚决不会卖掉它,浩浩才对着这视频中的房子说:"看起来很温暖哦。"小葵抱了抱浩浩,想起朱见鹤刚才的一句小抱怨:"妈妈说宝宝都要忘记你了。"

但这世界上哪有处处圆满的事情呢?小葵讲这样的道理给自己听。这本该是常识,但轮到自己,谁不是既要又要呢?

最重要的是,得做好自己手上的事。毕竟,并不是每个女人都有机会做自己的事情,她要珍惜。这样的心灵鸡汤,她每天都给自己一大碗,也尽量送出几碗。她和女员工们都相处愉快,在水产公司的时候,车间里的工人本就女的比男的多,在酒店和茶楼里就更是了。"你不会要我们天天喊口号开早会,男老板可会了。"这样子,也算是夸她。当然,这样的夸,是因为有两个严厉的中层主管挡在前头,有她们在唱白脸,她才能温柔地来唱红脸。

那一天,她听那两个主管在商量,总有一个女人来找小葵,到底要不要让小葵见。

"已经来过两次了吧?说是葵总的熟人,可看那样子,倒像是来应聘茶楼里的洗菜阿姨的。"

"是熟人，怎么就没有葵总电话呢？可见不是。"

她们也许是故意说给小葵听的吧，小葵装作没听见，径自下楼去了前台。果然有个壮实的女人在那里。"小葵怎么会天天不在呢？不是说她是这里的老板吗？"

也许是岛上哪个阿婶来这里找份工作？岛上老一辈的找人确实是很少预约，直接上门也很正常。小葵退出大门外，又走了进来，一直到前台，走近了，才看出，是田雷的老婆。小葵已经有十多年没见她了，记得上一次见，她一身珠光宝气，富贵逼人，十足老板娘的样子。她也没有认出小葵，只略略挪了挪身子，让出个地方让前台接待她。前台小姑娘对小葵眨眨眼睛，也不叫她，只带笑看着她们。

小葵想了半天，还是记不起她的名字，只好说："阿嫂啊，我们去那边说话吧？"一起到了大堂吧，坐定之后，她才认出小葵，说道："小葵？你说话的样子都变了呢，人也变了，哪哪都变了。"小葵道："是啊，我们都快五十岁了，不变不行了呢。"小葵等着她说明来意，也等着自己想起她的名字。人的记忆和他所处的场域或许是相通的，离开舟山后，小葵对于在这里的过往，除了跟浩浩和阿姆相关的部分，其余的都在淡化。

"田雷欠的债，欠个人的，我都还清了。我先把我名下的房子都卖了，还不够，我又没有别的手艺，就去冷库剥虾，那比在外面做小工赚得多。除了留口吃的，我都还债了。田雷糊涂，要死也得还清债再死，他就是太爱面子，看不得人家看不起他……"

小葵在发抖，她整个身子往沙发上缩了上去，脚就有些悬空了。她默默听着，本想为田雷老婆的仁义表达一下自己的敬意，可说出来的却是朱见鹤曾经说过的："可你把田雷给你留的后路都断了啊。你怎么办呢？你儿子又怎么办呢？"

"父债子还，这就是儿子的路，谁叫他有这样一个爹呢？还清债了，夜里才睡得着。"她把身子往沙发外头挪了挪，更靠近小葵。大堂的电视机不知道谁开了，跳出一张好美的集体合照，每一张笑脸都笑得恰到好处。田雷老婆的脸，和她们正好凑成一排，一脸肃然。前两天那个做海钓船的小陈来过，他说这电视机该换了，换成一整面墙的，不放电视，就放各种海洋和海洋生物的视频，那才像个酒店嘛。他说得在理。小葵已经学婆婆学得很能认同对方，不随时起反驳心了。

"我真的很敬佩你。"

"我傻啊。我就没来问问你，田雷当年的厂子，是不是交到了你的手上？这些年可有收益？"

"阿嫂是听庄东明说的吧？"小葵斟酌着道，"他前阵子要我把定海的房子给他家，我不肯，他就不高兴了，拿田雷的事情来堵我。他是只知其一不知其二，田雷在他走之前就已经拿走了他该得的部分，后面的烂摊子，是我接的。那这厂子，阿嫂你说是谁的？如果是田雷的，银行能不收回吗？银行可都是查过的。"

"庄东明说这厂子就是田雷暗地里给你的。"

"那，我是田雷的什么人呢？他会暗地里给我厂子。这，也只有庄东明会想出来了。"小葵已经把她自己说服了，她越说越快，"我也是这次回到舟山之后才知道，你把自己名下的房子都卖了抵债。其实，那些债吧，起头利息高，债主们的本金怕都是拿到手的，所以田雷哥才打算不还了。他给你留的房子，其实也不是给你的，是给他儿子的。阿嫂你人好，可还是亏待自己儿子了，也亏待田雷的父母了，他们本来也只有指望你了，现在你叫他们指望谁去？"

"戏文上说……"

"那只是戏文啊。"小葵截住她的话，说道，"可你今天到我这里了，我已经看到你这个样子了，我不能不管。侄子有什么打算？我想见见他。"

田雷的老婆打了个电话，过了会儿，一个年轻人走了进来，走路的样子很像田雷，也和田雷当年一样瘦。他坐定之后就给小葵道歉，说他妈妈就是轻信，人家说什么就是什么；也爱听人家夸她仁义，为了这好名声，就把一家子都搭进去了，他都不知道这几年怎么过来的，总算是读出了一个大专，读了个财会专业，好找工作啊，现在就在朱家尖的一家农场里做财务，先这样做着吧。

三个人一起到茶楼吃了顿午饭，小葵又带他们母子到后厨和前台都看了一下，人都是用满的。送别的时候，小葵直接问那小伙子："你就当我是你姑，你要我怎么帮你？给你做个小本生意的钱，我一定会出的。你们娘儿俩回去好好商量。不急。商量好了，再和我来说。"

他们母子走后，小葵开始胃疼，那是新手演员下舞台之后的生理反应。她想打电话质问庄东明，可她提不起劲来，一想到要和他说话，她就觉得恶心。她也不想告诉朱见鹤。说什么好呢？但她总是会告诉他的，在适当的某一天。无论如何，那一天，她都懒得说话，幸亏浩浩已经回校了，小葵回到家，也可以继续面无表情。那天，即便在照镜子的时候，她也避免和镜子中的自己视线相遇。

原来，把已经进账的钱分出去，是那么艰难的行为。她又登录了手机银行，查看了那串数字，付过承租和买房的费用，那笔钱首位数减了一，小数点后多了两位，像一个真实存在的数字了。

大堂的液晶屏说换就换，小陈立即跑来放他在这片海上拍到的视频，日出日落，潮涨潮落，浪击悬崖，风吹芦苇，镜头掠过孤单的灯塔，夏日翡翠色的海水，越来越开阔的海面，海钓船如扁舟一叶。远远地，游来一群海豚，在晃动的镜头中，海豚们越游越近，它们似乎和海钓船找到了同样的频率。镜头越来越稳，渐渐升起，航拍的角度下，两只白海豚带着四只青灰色的海豚，围绕着海钓船转圈。船上的人朝一个方向向它们扔出圆球一般的海豚玩具，小船渐渐退后，和海豚渐行渐远，配乐慢慢弱下来，欢呼的人声响起。

"这欢呼，是为和海豚相遇还是分离？"小葵问小陈。他摸了一下齐整的寸头，笑道："都是啊。这片海经常能看到海豚的，下回带你去看，说定了！不过也是有风险的呢，万一被海豚爱上了，那遭遇，也是一言难尽啊。"

"那么可爱的海豚宝宝啊，骑在它身上遨游海洋，月光下也好，日光下也好，都是闪闪发光的事情啊。"

"这个嘛，可爱和阴暗，是一体的呀，就像白天和黑夜，正常的日子就是这么组成的啊。"小陈给视频设置了循环播放，"这样远远看着，大海也好，海豚也好，都是可爱的。"他拍了拍手说："万一客人中有喜欢海钓的，记得联系我。万一你什么时候需要我呢，也记得联系我。"

那天，小葵坐在这视频对面，搜了搜关于海豚阴暗面的资料，其中有一条倒是有趣，"海豚是除了人类之外能通过交欢获得快感的哺乳动物"，性骚扰、强奸和杀婴这些可怕的人类罪行，海豚也有，有科学家说它们是"非人类的人"。

海豚就是海豚嘛，小葵是个对万事都不做过分解读的人。

她还是和朱见鹤说了田雷的妻子和孩子来过了的事情，也说了庄东明在其中的作用。朱见鹤那边既不惊讶也没生气，他叹了口气说："有这样一个机会被动给田雷家钱，还是不错的，庄东明坏心办好事，你看给个一百万怎样？可要说好没有下次了。还有，既然庄东明是这样子的人，趁他愿意，我劝你把浩浩改成你的姓。这次，也是个好机会。"

小葵服气朱家最大的一点是，他们很少被情绪裹挟，客观冷静，才能从各种"坏事"中看到机会吧，万物皆为我用。这两样事情，也正是小葵想做而觉得难以说出口的，既然朱见鹤那么说了，这两件事情她都做得飞快。一百万的钱，给了田雷的妻子，要她出张收条，最后写上"两不相欠"的字样，她写名字那一刻，小葵才想起她的名字，刘明芬。田雷的儿子也签了名字，田原，他说："姑，我以后就认您是姑，我会好好做的，做出点成绩来了，我会来和您说。"没过几天，田原就来说他开始做给这一片酒店送蔬菜肉蛋的生意，他正在一家一家地推销自己，小葵自然就把他纳入了自家的供应商，能看着田雷的孩子，也算是对田雷的一个交代吧？

浩浩改姓的事，进行得也很顺利。浩浩已经成年了，自己提出申请就是。庄东明这边本就有这个意思，加之毕竟还是有几分心虚，改姓的事，他一点也没反对，还说服他父母也支持。这么顺利，浩浩倒有几分难过，小葵跟他说过缘由，他对朱见鹤的亲情顿时就多了几分，以前他总笑着叫"朱爸"，现在就把这姓去了。"爸，我雅思过了，7分！"浩浩电话里这么喊过去，朱见鹤在那头爽朗地笑："哦哟我的好大儿！语言过关了，那我们索性高三就出去吧？老爸抓紧安排，你放心。"

朱见鹤果真忙碌起来，儿子的护照还是白本子，小葵的也是，他让小葵赶紧带着儿子去游趟日本，这护照上就有出游发达国家的记录，利于过签。留学中介效率也高，在多伦多那边的私立高中顺利申请到了位子，提交后学签也过得快；还建议从十一年级插班读起，那样更容易申请到好大学，专业选择也更从容。浩浩和小葵这边自然全力配合，十月中旬就万事俱备，娘儿俩上飞机的那一刻，也还有几分恍惚。落地多伦多之后，小葵母子先开了电话卡、银行账户，浩浩即刻插班上学，小葵马不停蹄被房产中介带着看房。这也是朱见鹤的意思，小葵倒有几分不好意思，但内心自然欢喜，也就不顾倒时差的迷糊，看了三天，选中了一套学校旁的单身公寓。朱见鹤笑道："那我们来了住哪里呢？这套先买下。你再看套大一点的，不要别墅，我们还腾不出手去管理，买个大平层的公寓吧，市中心，对，也登记在浩浩名下。钱的事情你不用操心，曹律师后头都会跟进，你只管选房，带孩子签字。"

小葵都有些幸福得过头了的感觉，浩浩终于在自己的新世界里生活了，他被郑重对待，除了拥有两套房子，他的名下还拥有了一笔存款，付学费之后，生活费也绰绰有余。"这是为你将来储备的钱，浩浩，老爸相信你会谨慎保管好这些财富，这是我们共有的，将来你结婚成家，爸妈养老，都会用到。"这样的对话，让小葵感动。

"什么时候我把我那笔钱转你。"小葵飞了十多个小时回到上海，朱见鹤自己驾车来接，在车上，她觉得，她再不说这样的话，就实在对不起朱家了。

"我们之间还分什么你我，这笔钱你留着。等你回到酒店，还有惊喜在等你呢，你可坐直了。"

"遇到你之后，我就开始进入童话了吧？"小葵说，"把浩浩安顿得这么好，我真的很感激你。"

"我一向是把浩浩当自己的儿子啊，只是有时候气不过庄东明而已。"朱见鹤伸过手来让小葵握着，说道，"现在就有一个成年的儿子，是我的福气啊，这不是虚话。我以后也是要多多依靠浩浩的。我们那小宝贝啊，要不还是接过来你养着吧？他快要变成一个小外交家了，真的，他会掂量会拿捏，小眼珠一转，就一大堆计策，他自以为聪明呢，可聪明挂相了实在也是蠢。我喜欢我们浩浩的憨厚温柔，这一点像我，对不对？"小葵看他千山万水扯到自己身上，不禁笑了，大儿子安顿好了，是该好好带小儿子了。

六

确实是个大惊喜。小葵不在的这大半个月，酒店生意兴隆。有两个公司，一个江苏的，一个上海的，和酒店签了为期三年的团建合同，每个月都有安排，价格还随旺季浮动，账款提前预付七成。这简直是送钱，但情理上也说得过去。

"妈妈，钱还在转来。"浩浩在电话里告诉她，隐隐有些担心，"你方便的时候问一下老爸是怎么回事。"

一定是出事了。小儿子成成和宝珠阿姨也被朱见鹤送来了，还是小陈给帮的忙，成成进了酒店附近的幼儿园大班。宝珠阿姨到后不久就辞工走了，说是小葵接手，她就没啥用了，她已找好新下家。小葵本想额外给她一笔钱，她却说："奶奶前头已经给过了的。"小葵总觉得哪里怪怪的，想问她是否知道家里有啥事，可自家的事情没反去问别人的道理。事情一定还在可控的范围内，否则朱见鹤一定会和她说的。

海边的十一月，一入夜，风就是冬风。小葵从幼儿园接回小儿子，都是先到茶楼吃过晚饭，再带着他巡视一圈酒店，才慢慢散步回家，两个人都得另披厚外套。成成对大人的世界充满兴趣，和妈妈两个人的生活未免就有些冷清，幸亏还有酒店和茶楼这两个世界让他探索。对于巡店这种乏味的活，成成也学得有模有样，他已经记住了主管和领班的名字，他学着妈妈唤她们的名字，又在后头缀上"阿姨"。那天，两人在夜风中手拉着手，慢悠悠地走回家，突然，他说："我有点担心爷爷。我回家要给爷爷打电话。"

"为什么担心爷爷？"小葵一直怕的是奶奶会不会碰触了什么红线，爷爷会有什么事呢？他身体健康，又人畜无害。

"爷爷他被骗了，听起来是帮人担保。人家故意的。爸爸说他会和奶奶一起搞定，我们都会没事的。"小儿子安慰小葵，"但是我现在特别担心，我到家就要给爷爷打电话。"

爷爷的电话关机，小葵马上找朱见鹤，她说："成成今天说他担心爷爷，要跟爷爷通话。"朱见鹤在电话那头沉默了好一会儿，说："爷爷还在昏迷，估计情况有点危险。你收拾一下，叫部车，和孩子一起来吧。你不要自己开。对，不要和别人说。是的，我们见面谈。"朱见鹤的语速从来没有这么慢过，至于"对""是的"，更是自言自语，小葵根本就没问过他，该说的医院的名字，倒还是小葵问的。

小葵也一时转不过弯来，她把娘儿俩近日穿的衣服从阳台上一收就要打包。成成进了卧室，帮她拿出一条黑色的长袖真丝裙子，他又给自己拿了套白色衣裤。小葵被吓住了，她什么也没说，折好放进箱子。一路上，小葵搂住成成，想用她的身子把他烘暖了。

等他们娘儿俩快到医院的时候，朱见鹤又打电话来，说："赶紧回家吧，这就回家，你看看布置灵堂咋弄，我的脑子不够用了。"小葵赶紧问："是回爸妈家吧？"朱见鹤愣了愣，说："是，但是，妈妈也在我这边啊，你也没钥匙对不对？"成成在旁边说："我有，妈妈，我有奶奶家的钥匙。"小葵一点头绪也没有，倒是出租车司机有过治丧的经验，给她说了一二，径直就带他们到了奶奶家附近的丧葬用品店——那样的店一直在那里，店主人自会教你一套东西。小葵一心想着这些，差点连放在后备厢的行李箱都忘了，还是成成提醒她带上。

小葵带着店主进门，张罗着布置起灵堂，成成把他们的行李箱提到客厅角落，顺手就整理了沙发，牢牢抱住爷爷的一件外套，说："我还知道爷爷的寿衣在哪里，爷爷告诉过我的。爷爷说到时候大人们一定惊慌，我得帮你们。"

"爷爷还告诉你什么？"

"目前就先说寿衣吧。"他走进爷爷奶奶的卧室，轻车熟路提出一包东西来，里面衣服鞋袜都齐备。小葵抱紧成成，一阵寒流从她后背滚过，她让那么小的孩子来承受这些，她这个妈妈到底做了什么？从今以后她要每天带着他，她要重塑他的童年。

事情并没有如爷爷向成成预演的那样进行，临终前的那一套程序，已经在医院走完。奶奶从头到脚新买了一套寿衣，"这一套，我们让爷爷带去,是换洗的衣服。"奶奶冷静地从成成手里拿走了那包衣物。

"爷爷说,所有人,到最后都是要死的,所以,不用太难过。"成成对朱见鹤说,"宝宝会好好长大,好好学习,我也会像爷爷那样保护你的。"朱见鹤只摸摸孩子的头,什么话也说不出来。

奶奶主持小葵跟进,阿姆阿爹也从岛上过来帮忙,走完了葬礼的所有程序,亲戚间种种迎来送往,灵堂答谢,朱见鹤全无精神应对,成成冲在前头鞠躬回礼。小葵不忍心问朱见鹤来龙去脉,得空就默默握住他的手,一心只求这样的时刻快点过去,她好回到她的日常里。她为自己的薄情寡义感到愧疚,某种程度上,好奇超过了悲伤,她的公公,从来是乐天开朗,是什么逼他自选绝路?朱家母子对外都只说心脏病病发,对小葵是说了一半实话的,公公吞服过量安眠药,抢救不及时,最终去了。小葵收拾过公公的房间,里面酒气冲天。他哪来如此求死的决绝呢?公公酷爱烹饪,尝菜时的那陶醉表情,任谁看了都会判定他热爱这烟火人生啊。"五七"那天,小葵在厨房忙碌,用的都是公公的厨具,那一刻,她才落下泪来,想到成成这孩子到今天还不曾哭过,只观察着谁需要帮助,端茶送水,送纸巾,收拾客人用过的一次性茶杯,她就更加心酸,好奇心也更甚。在她关掉抽油烟机的刹那,她听到朱见鹤在说:"妈妈,难道这不是你的责任吗?那你说,难道是我的责任?我们都为你分担够多了,你就停手吧!歇歇吧!"朱见鹤难得地激动,紧接着,什么东西碎了,婆婆什么声响也没有。

即便是宝珠，也比我更知道这个家的内情吧？小葵的泪水里混杂着许多东西，她对这个家的爱，就是保持不问。

"五七"之后，小葵带着成成回到舟山，朱见鹤照常在家陪护他母亲，小葵到家后想来想去不放心，就让朱见鹤带他妈过来。"这个时候我们最好在一起。"小葵说，"我很不放心你们俩。"

住在一起之后，婆婆白天的大部分时间都坐在落地窗前，对着莲花洋对面的普陀山发呆，看海天之间露天的南海观音那金光闪耀。小葵有时候也陪她坐会儿，健谈的婆婆时时戒备着小葵发问，小葵就更不想去惹她伤心，最安全的话题还是谈谈浩浩。这孩子也知道家里这个变故，但毕竟隔得远，感受不到这一块的沉重，于是，他打视频电话过来的时候，是一家人最轻松的时刻，大家难得地说说笑笑，为浩浩取得的每一次测试成绩而高兴，这孩子一直在拿全A。"我也会好好学习的……"成成这样说的时候，小葵总会飞快将他的话题移开，她很害怕成成接着会说爷爷。

浩浩在视频里展示了大平层公寓，简直称得上美轮美奂。他说："你们过来住一阵吧？这里的冬天一点都不冷，室内身子烘热了，室外走上十分钟浑身还是暖的。"

"七七"之后，朱见鹤他们三个的旅游签证也下来了，全家就一起去了多伦多，过了元旦才回来，果然住得舒心。他们也遇到了几个宁波同乡，其中有两个是投资移民过来的。"上下都在鼓励企业出海呀，走出来才能学到更多嘛。"小葵也学着他们说话，鼓励朱见鹤也

237

走这条路。浩浩账户上的存款，毕竟让她不放心。孩子的人生还没展开呢，不能有半点差池。这会儿回头望，她才看清当初朱见鹤热心促成浩浩留学的另一层意图，他实在应该跟她讲得清楚一点。当然，如果讲清楚了，她小葵还乐意让浩浩担这个风险吗？她未必肯。

小葵这回和娟姐也联系上了，还去了他们家做客，看到家里的装修色调依旧是白和金黄，但看着又和原先的不一样，透着一股印度风情，一问，果然上家就是印度裔的。在新环境里，婆婆也开始活泛起来，甚至去报了一个社区的语言班，埋头背起单词理起语法来，她学得很快，不久就有自己的小社交圈了。朱见鹤也和那几个宁波老乡走动起来，不知不觉，也就请人做起了投资移民的申请。

有了新方向，朱见鹤又恢复了以往的精神头。这事情前后做了三年，二〇一九年过了十一月，这边做完公公三周年，朱见鹤母子收拾着去了多伦多，也算是新移民登陆去了。小葵没有随行，她的租约是签了十年的，这几年也做得顺手，就依旧带着成成做她的酒店和茶楼。每天和浩浩视频通话，叮嘱他尽量多待在自己的小公寓里，专心读书。

小葵原计划春节母子俩也去多伦多，加厚加长的羽绒服也特意买好了，浩浩笑她这是他们这一代人的焦虑，对未来总是过分恐惧，要么怕冻要么怕饿。小葵也笑，其实还怕更多，怕这怕那，不像年轻人总以为这世界生成就是这样牢固。

小葵已经体会过世界垮塌，轰隆轰隆一股脑儿砸到肉身，砸扁了，以为再也不会有人的形状了，可是，没过多久，肉身又慢慢恢复，会觉得饿，会知道渴，又重新活了，知道所在的世界不再是以前的世界了，就只能重新挣扎着把自己生出来，让自己立起来。除了母胎托生，这一生中，人总得有几回是自己生自己：比蜕变之类的更彻底，是打碎了重新捏合。

世界有时候会给惊喜。往年到了腊月二十四，往后的客房预订就很少了，今年却是个意外，预订一直排到正月初十外，年底本就人手少，人心不定，小葵得自己顶着，也就索性改签了机票，还是暑假再去吧，成成也可以多待些日子。毕竟，生意人总是生意第一。

没想到，世界瞬间变形了，先是些传闻，纷纷杂杂，让人心慌。浩浩那边比她紧张，说已经在亚马逊上买了一批口罩用急件寄来。"一定先不要把它们分给客人啊，你得自己留足备用的。"浩浩的叮嘱中透着惶恐不安，小葵对他转述的各种新闻将信将疑，但她还是听从了，多进了一些酒精和消毒液，这些，本来就是酒店的日常消耗品。客房的预订陆续取消，一切流动都被中止了。小葵的酒店里滞留了两家人，合起来七个，加上酒店和茶楼的工作人员合起来二十六个人，别的不说，吃，立刻成了问题。

小葵茶楼的蔬菜和肉蛋幸亏是田原在供应。"姑，你这边要多少？我先送，最好多备点把冰箱装满吧。茶楼那边我按采购小王要的送去了。"田原送来家里的不光是蔬菜和肉蛋，还有果品、牛奶和冻鱼，真的把整个冰箱都装满了。叶菜都小心地用厨房纸包着，土豆装在遮光的牛皮纸袋里。"我妈装的，这样能多保存几天。"田原母子对小葵的事，总是特别上心。

工作人员中有一大半是本地的，小葵自己开车送他们回家。幸亏岛屿之间的交通船还在运行，查过手机上个人的行动轨迹，确认这些天没离开过舟山，方才准许乘客上船。小葵都是看他们确实上船之后，才将车开走。两家客人都是自驾来的，准备自驾回程碰碰运气，小葵帮两家各买了一只车载电饭煲，各备上一筐蔬菜和虾干、肉松、鸡蛋，忐忑地送他们上路，说："万一不行，就依旧回来住我这里吧。"等了两天，好不容易收到报平安到家的消息。

这样，还有十二个人跟着小葵。这段日子多亏田原活络，小葵这大家庭的一日三餐才对付得过去。小葵在家里和成成看书写字，做营养均衡的一日三餐，如果她不去想每个月酒店和茶楼的维持费用，仿佛生活只是按下了暂停键。这些年她一直忽略的日常生活，在此刻膨大到占据了一切。公公这么多年的日常生活就是这样的吧？家庭之中，他自愿选择了内务这一分工，从来没有过怨言，日复一日，他也有难挨的时刻吧？

有一日，她和朱见鹤在视频通话中这么讲。朱见鹤那边，自三月春假之后，加拿大的疫情也蔓延了，朱见鹤的公司本就在筹备期，也索性在家待着，时不时连个视频和小葵闲话。小葵这样感慨之后，朱见鹤沉吟好久才接话，说："这事情，一直不跟你说实话，是因为，我实在说不出口。"即使时隔三年多，朱见鹤说起此事，依旧是悲伤不已，话语颠三倒四，小葵暗自整理了一下这事情的来龙去脉。

原来，公公和宝珠日久生情，一心为宝珠打算，这"打算"两字，无非是给她钱或是帮着她赚钱，这两样公公都做不了，可还是想做，就帮她担保去金融公司借款。这肯定是个局，宝珠是花了心思的，自然最后是要公公还钱。公公哪有钱，只好跟婆婆摊牌。婆婆这么骄傲的人，哪会容忍此事，说是要去告宝珠诈骗。宝珠就拿出一本日记，是复印件。婆婆平常爱煲电话粥，说事情也不避人，宝珠有心，就把婆婆说的事都记成了日记，电话那头是谁，时日久了，她也能猜个八九不离十。这些年，婆婆那些事，说违法，那是没有的，无非是钻些空子，找些资源，可到底也是上不了台面的事。婆婆又极爱面子，要连累一众朋友，那比公公出轨这事情要大。比较之后，准备服软，替宝珠还钱，算上利息，也是一百多万，并要公公保证和她一刀两断。宝珠看到了她日记的威力，就又拿出另一份复印件，要求除了还债另给遣散费，那是公公和她的闲聊整理，是夸朱见鹤多么能干，怎么帮婆婆，宝珠问他，到底怎么帮的，公公居然也倾己所知，都告诉她了，其中最大的，自然是替婆婆持有和打理钱财。婆婆这才慌了，但看出宝珠还不晓得这件事情的威力，也看到一旦答应，就是给这份东西背书，就跟她打起太极，说替她还债是看在公公的面子上——原话是"他不要脸，我还是替他要的"，她再要挟，那就大家索性不要脸了吧，钱也不还了。给钱呢，也说好了分期给，给朱见鹤时间操作他户头上的钱。公公自然想不到他爱上的温柔贤淑的传统女性是这么一个人，悔恨交加，就走了绝路。

朱见鹤叹道:"我爸这是动了真感情的。"

小葵一寻思,从前确实有蛛丝马迹落在她眼里,但她从没有往那方面想。公公和宝珠的勾勾搭搭,都是贴着成成的日常起居发生的,他们当着成成的面都做了些什么?他们俩怎么躲过监控的?怪不得监控头总会跳掉!公公说只是小故障,很快就好了,不必修。这样一想,小葵不禁感到阵阵恶心,还有后怕。如果宝珠拿成成下手呢?她被遣散之后,一直都有机会接近成成,比如去幼儿园接,成成必定会跟她走的。这么危险的人物,他们娘儿俩居然不给她指明,就为了面子,瞒她至今。不对,不是为了她的面子,分明当初就是拿她和浩浩当了分洪渠,一说不就无法泄洪?小葵抑制住一阵比一阵更强烈的恶心,面上还是笑着,又叮嘱朱见鹤多照顾婆婆,也看顾一下浩浩。

当务之急是,她必须警告成成,但是,怎么和他说呢?

成成虽然只有小学二年级,但分析起事情来头头是道,他给她讲故事的时候,是先要设定一个世界,历史背景加地理位置,再画出人物关系图,人物各自的动机导致怎样的行动,又怎样影响故事的走向。在他的故事里,虽然有权谋,有狡诈,但正邪永远分明,正义也必然来临。他不知道自己还是个孩子,小葵要让他知道。从今以后,她要张开羽翼,带他飞离成人世界,她要带他去迪士尼去看动画片,她要带他去田野去乡村去和小朋友聚在一起,她要让他知道妈妈是他和世界之间的防波堤,妈妈在他身边,一直在。

可是,现在,就现在,小葵该怎样跟他讲这个带着警告的故事呢?

图书在版编目 (CIP) 数据

鱼尾纹 / 杨怡芬著. -- 北京 : 北京十月文艺出版社, 2025. 8. -- ISBN 978-7-5302-2481-6

I. I247.5

中国国家版本馆CIP数据核字第2025A2D558号

鱼尾纹
YUWEIWEN
杨怡芬　著

出　　版	北京出版集团	
	北京十月文艺出版社	
地　　址	北京北三环中路 6 号	
邮　　编	100120	
网　　址	www.bph.com.cn	
发　　行	新经典发行有限公司	
	电话 010-68423599	
经　　销	新华书店	
印　　刷	北京盛通印刷股份有限公司	
版　　次	2025 年 8 月第 1 版	
印　　次	2025 年 8 月第 1 次印刷	
开　　本	850 毫米 ×1168 毫米　1/32	
印　　张	7.75	
字　　数	160 千字	
书　　号	ISBN 978-7-5302-2481-6	
定　　价	46.00 元	

如有印装质量问题，由本社负责调换
质量监督电话　010-58572393

版权所有，未经书面许可，不得转载、复制、翻印，违者必究。